W0301271

MASTERS | 2

Masters
collana diretta da Nausicaa Cerioli

Titoli originali:
The Golden Honeymoon, Now and Then, Anniversary.

Traduzione:
Cecilia Mutti

Isbn 978-88-6261-321-7
© 2012, Mattioli 1885 spa

www.mattioli1885.com

L'Editore è a disposizione di eventuali aventi diritto che non sia stato possibile rintracciare.

Ring Lardner

PRIMA DI SPOSARTI ERO MOLTO PIÙ IN FORMA

introduzione di Sherwood Anderson.
a cura di Cecilia Mutti

Mattioli 1885

Ring Lardner – Prima di sposarti ero molto più in forma

Incontrando Ring Lardner
di Sherwood Anderson

Un uomo alto, dal volto solenne. Un volto meraviglioso. Una maschera. In sua presenza, si finiva per passare tutto il tempo a chiedersi "Chissà cosa succede là dietro".

È stato a New Orleans, nei giorni del Mardi Gras, che mi ha telefonato. Io ammiravo da tempo il suo lavoro, ma non avevo mai avuto modo d'incontrarlo personalmente. Era a New Orleans per il Mardi Gras, insieme al suo amico Gratland Rice, e quest'ultimo temeva che Ring non fosse accolto con l'entusiasmo che secondo lui meritava. Rice adorava Lardner, e la sua voce al telefono suonava quasi supplichevole:

"La prego, Sherwood, lei non mi conosce, non mi ha nemmeno mai incontrato, anzi, è sicuro d'avermi invitato a cena questa sera?"

"Ma certo che sì," lo rassicurai. "E le dirò anche dove andremo." C'era infatti questo piccolo locale, al primo piano di un edificio nel quartiere francese. L'aveva aperto da poco un cuoco francese che fino a qualche mese prima lavorava da Antoine. "È un posticino angusto e poco illuminato. Avremo una saletta tutta per noi, otto o dieci persone al massimo. Il vino è ottimo, e anche il cibo."

"Va bene, allora," rispose lui. "Porterò anche mia moglie e i signori Fix-It. Spero che il posto che ha scelto sia abbastanza buio e sporco. Se non lo è, faccia in modo d'insudiciarlo prima del nostro arrivo."

Così andammo a cena, e quella sera Ring Lardner parlò apertamente, lasciando cadere la maschera, o almeno credo. Era circondato da un'aura d'adorazione che s'irradiava nello sguardo di tutte le donne nella stanza e in quello degli uomini presenti. In mattinata, mi ero precipitato a parlare col cuoco francese del locale e lui si era messo in smania: "Ring Lardner, dice? Lasci fare a me, vedrà."

Dunque anche lui conosceva Ring Lardner, era un suo ammiratore. Durante la cena non faceva che avvicinarsi in punta di piedi lungo il corridoietto buio. Poi si affacciava nella sala, sporgendosi con la testa e facendomi segno di uscire senza dare nell'occhio: "Va tutto bene?" mi domandava, ansioso, e lasciandomi un'altra bottiglia di vino tra le mani. "Gli faccia provare anche questa."

C'era un clima rilassato e libero nella stanzetta di quel ristorante. Come potrei spiegarlo? Dipendeva soprattutto dalla presenza di Ring. Tutti per lui provavano un caldo affetto. Non avevo mai conosciuto prima nessun americano capace di scrivere come lui. Sapeva toccare certi sentimenti. E si finiva per desiderare il suo bene, che nessuno gli facesse del male. Qualcosa del tipo: "Se qualcuno osa sfiorarlo con un dito, gli rompo la mascella." E invece di solito, vedendo un amico che rotola giù dalle scale, si ride. È una cosa brutta da dire, ma è la pura verità.

Direi che la tragedia di Ring Lardner, del suo magnifico genio imperfetto, fosse in fondo quella di tutti noi, e di ogni genio creativo dei nostri tempi, grande o mediocre che fosse. Nessuno escluso. E come sarebbe stato possibile salvarsi?

Eppure, Ring riusciva spesso a sfuggire da quel destino. Aveva una tecnica meravigliosa e sapeva nascondersi dietro a una maschera, finendo sempre col ricevere da tutti, e a profusione, quello che gli stavamo riversando addosso la sera della nostra cena insieme: un caldo affetto, senza riserve. E lo facevamo scorrere come il vino nelle nostre gole. Lo amavamo. E lui parlava e beveva. Raccontava storie. Per Ring quella è stata una bella serata. Per noi qualcosa di più. Due anni dopo mi sono ritrovato a cenare nello stesso piccolo ristorante e quel grasso cuoco francese si è avvicinato al mio tavolo. Ero da solo e lui mi ha portato una bottiglia di vino. Veniva dalla cucina e aveva ancora indosso il grembiule bianco. Si è fermato davanti a me e ha versato del vino per tutti e due: "Alla salute di quell'uomo che lei ha portato a cena qui… A Ring Lardner," ha detto, alzando il bicchiere.

E poi c'è stata un'altra occasione un paio di sere dopo.

Ring Lardner e Grantland Rice dovevano aver faticato parecchio a soddisfare tutti gli ammiratori che desideravano conoscere lo scrittore e intrattenersi un po' in sua compagnia. Era al culmine della sua fama, allora. Quella gente aveva le sue buone ragioni per comportarsi così: Ring sapeva infondere vita a ogni ricevimento mondano, rendendolo più allegro e divertente. Così lo amavano sia gli intellettuali che la gente comune. Mi chiamò tra un ricevimento e l'altro chiedendomi se potevo andarlo a prendere, più tardi. Si stava recando a una serata organizzata presso una casa elegante, in uno dei quartieri più eleganti della città.

Arrivato lì mi ritrovai in una folla di gente, con Ring al centro della scena che stava dando spettacolo. Seduto al pianoforte in mezzo a un ampio salone, cantava e faceva cantare la gente riunita a capannello intorno a lui. Intonò parecchie canzoni della tradizione trascinando tutti i presenti, mentre scorrevano fiumi di alcol.

La casa traboccava di mobilia costosa e alle pareti c'erano dipinti di un certo pregio. A New Orleans, tutti i ricchi ci vanno giù pesante con l'arredamento, tra ingombranti quadri e pezzi della tradizione francese.

Gli ospiti erano stretti intorno a Ring, che li intratteneva con la sua maschera indosso. Bastava uno sguardo dei suoi occhi stranamente inespressivi: "Canta," diceva – e quella persona incominciava a cantare. Tutti i presenti erano quei tizi che si vedono spesso fotografati sui giornali, nelle pagine mondane. Noialtri scrittori e artisti in genere, più o meno talentuosi, sudiamo sette camicie per riuscire a cavar fuori qualcosa che valga la pena di esser mostrato e poi... ecco invece una gran signora, che con i soldi spesi per il suo vestito ci si potrebbe pagare una vacanza di sei mesi – non devono neanche aver usato tanta stoffa, perché ha la schiena tutta scoperta – e così ci si ritrova a pensare: viva la rivoluzione!

C'erano vecchi uomini d'affari un po' imbolsiti, giovanotti brillanti dell'alta società, alcuni appassionati di cavalli in trasferta da New York per le corse, e donne, donne, e ancora donne.

Ci volle parecchio tempo, quella sera, perché Ring si accorgesse di me, smettendo bruscamente di cantare. Ormai li aveva trascinati nel clima della festa e andavano avanti da soli, bevendo e facendo baldoria. Mi spinse attraverso la folla, facendosi largo senza troppe smancerie. Di tanto in tanto si fermava per presentarmi qualcuno, sempre tenendo la sua maschera ben incollata al viso. Di volta in volta mi presentava come un artista, un collega, lo scrittore di The Great Gatsby, o di The Confession of a Young Man, o di Tess of the Uberville... o come il celebre autore di Moby Dick.

Continuò a spingermi nella folla, finché non arrivammo a uno stretto corridoio. Lì m'indicò una porta. "La chiamano la dispensa segreta del maggiordomo," disse. "Non credo ci sia nessuno, adesso. I domestici sono tutti impegnati a servire gli ospiti. Vai a prendere tre o quattro delle bottiglie migliori," disse. "E poi ce ne andiamo." Ci accordammo sul dove ritrovarci una volta fuori.

Io seguii le sue istruzioni e uscii ad aspettare. Chiamai un tassì e lo feci accostare al marciapiede. Posai le bottiglie sul sedile posteriore. Avevo rubato sei quartini e mi sembrava roba piuttosto buona.

Ma quando arrivò Ring, era in macchina col padrone di casa, un ometto pallido che di mestiere doveva fare il banchiere. La refurtiva stava nascosta nel tassì e io continuavo a passeggiare avanti e indietro con fare nervoso. Non ci voleva proprio quell'imprevisto.

Così entrai per un attimo nel tassì, caricandomi di bottiglie senza farmi notare. Per fortuna avevo addosso un cappotto. Poi m'infilai nella macchina del padrone di casa, sedendomi sul sedile posteriore.

Le bottiglie facevano un bel fracasso, ma Ring, che stava seduto davanti con quel piccolo banchiere pallido, fingeva di non sentirlo. Indossava la sua solita maschera. Poi a un certo punto mi guardò brontolando: "Stia fermo, Sherwood," disse, "la smetta di fare rumore."

Cercai di non farne, ma dovevo pur scendere dall'auto, una volta arrivati al suo albergo. Così sgattaiolai fuori e mi misi ad aspettarlo nell'atrio, in un posto dove potessi vedere senza esser visto. Ring si fermò invece sul marciapiede.

Il nostro ospite era sceso dalla macchina, una Rolls-

Royce. Aveva guidato lui stesso, senza autista. "Il suo amico, il suo collega... dov'è finito?" chiese, guardandosi intorno. Sembrava incredibilmente piccolo e pallido, lì in piedi di fronte a Ring. Erano come un cane grosso e un cagnolino che gli faceva le feste. A quel tizio non importava un bel niente del liquore che gli avevamo rubato. Aveva capito che stavamo andando da qualche parte a bere e a far due chiacchiere in santa pace e credo avesse voglia di venire con noi, ma non osava chiederlo, era troppo educato per farlo, e anche Ring sembrava tentato d'invitarlo a unirsi a noi.

Stava lì fermo a guardarlo dall'alto. E io vedevo tutto. C'era qualcosa che sembrava illuminare dal cielo la scena. Vidi anche succedere qualcosa. Tutta la sera Ring aveva indossato la sua solita maschera, e lì, per un attimo, la lasciò cadere: fece per invitare quell'uomo a venire con noi, ma forse temeva che non ne sarei stato contento e così non disse nulla, rimase solo lì, a guardarlo dall'alto, con le labbra tremanti. Era un Ring Lardner diverso da quello che avevo visto nel salone poco prima, in mezzo alla folla di gente.

Questo era un uomo timido, e anche il banchiere lo era. Così rimasero a guardarsi fisso negli occhi, e poi, come per un comune impulso, scoppiarono a ridere. Risero come due ragazzini, o piuttosto come due ragazze al primo appuntamento, e poi il banchiere corse rapido verso la sua macchina, salì e fece per allontanarsi, e intanto lanciò una scherzosa frecciata: "Spero almeno che il suo amico abbia preso qualcosa di buono... e che ne abbia preso abbastanza!" Ma Ring ormai non lo guardava neanche più. Era abituato a indossare una maschera, e l'aveva lasciata cadere solo per un momento, facendomi sentire come un tizio entrato di nascosto nel camerino di un attore a spiarlo mentre si trucca prima di uscire in scena. Così lo vidi rimettersi la maschera sul viso, e la indossò poi per il resto della serata.

Meeting Ring Lardner (The New Yorker, November 25, 1933)

Una seconda luna di miele

Stando a quanto sostiene mia moglie, ogni volta che inizio a parlare non capisco mai quando è il momento di smetterla. D'altra parte mi capita talmente di rado di poter dire la mia in sua presenza che devo cercare di sfruttare al meglio le poche occasioni. Temo infatti che nessuno di noi due sarebbe il benvenuto in un ritrovo spirituale per Quaccheri, ma come dico sempre, perché mai il nostro Signore avrebbe dovuto darci una lingua se non per farcela usare? Mia moglie a questo punto risponde che Dio non pensava certo l'avremmo usata per ripetere sempre le stesse cose fino allo sfinimento come sono solito fare io.

"Ma cara," le dico allora, "quando due persone sono sposate da cinquant'anni come noi, credi forse sia giusto aspettarsi qualcosa che tu non abbia già sentito dire? Senza contare, poi, che una cosa vecchia per te potrebbe esser nuova per altri, perché nessuno al mondo può vantarsi d'aver vissuto tanto a lungo in mia compagnia!"

E lei ribatte: "Buon per loro, nessuno ce l'avrebbe fatta a reggerti per così tanto tempo."

"Beh, tu mi sembri in forma, nonostante tutto..."

"Forse," sospira lei, "ma di sicuro prima di sposarti ero ancora più in forma."

Riesce sempre ad avere l'ultima parola.

Sissignori, ci siamo sposati ben cinquant'anni fa, e il diciassette dicembre scorso mia figlia e mio genero sono arrivati da Trenton per festeggiare le nostre Nozze d'oro. Mio genero è John H. Kramer, il consulente immobiliare. Guadagna dodicimila dollari all'anno e gode di un'ottima reputazione dalle parti di Trenton; è un gran lavoratore, onesto e affidabile. Il Rotary ha dovuto sudare parecchio per ottenere la sua iscrizione: lui ripeteva sempre che il solo club di cui avrebbe mai voluto esser membro era casa sua. Ma alla fine Edie l'ha convinto. È mia figlia.

Comunque, stavo dicendo: sono venuti fin qui per il festeggiamento, ma il tempo era piuttosto brutto e la caldaia aveva incominciato a fare i capricci, così mia moglie non perdeva occasione per ripetere che sperava davvero in un inverno più mite di quello scorso, vale a dire di quello precedente. A quel punto mia figlia Edith ha detto che se fosse stata in noi, non avendo più nessun impegno a trattenerci, non ci avrebbe pensato due volte e chiusa la casa e spenta la caldaia se ne sarebbe andata a Tampa, in Florida, per tutto l'inverno! Eravamo già stati da quelle parti quattro anni prima e c'eravamo rimasti per cinque settimane, ma avevamo speso più di trecentocinquanta dollari solo d'albergo. Ecco perché mia moglie ha risposto a Edith che non avevamo certo intenzione di farci derubare un'altra volta; a quel punto però è intervenuto mio genero, dicendo che Tampa non era l'unica località a poter vantare un clima mite, e non eravamo certo costretti a soggiornare in un hotel di lusso: potevamo sempre affittare un paio di stanze lì nei dintorni, anzi aveva sentito dire che St. Petersburg, in Florida, era il posto giusto, e volendo, avrebbe potuto informarsi.

Ebbene, per farla breve, abbiamo deciso di partire, Edie ha detto che sarebbe stata la nostra seconda luna di miele, e per regalo, mio genero ha pagato la differenza prenotandoci un vagone letto solo per noi, in modo che potessimo avere più privacy. Si sta sempre in due scomode e minuscole cuccette, ma almeno la stanza è chiusa e c'è un lavandino privato. In realtà, la vettura su cui abbiamo viaggiato offriva solo un servizio di prima classe, senza cuccette di seconda: quindi solo vagoni letto privati. Siamo andati a Trenton la sera prima e abbiamo dormito da mia figlia e suo marito, poi abbiamo preso il treno il giorno seguente, alle 3.23 del pomeriggio.

Era il dodici di gennaio. Una volta saliti a bordo, mia moglie si è seduta in modo da seguire la direzione di marcia del treno, perché le dà fastidio guardare il panorama al rovescio. Io mi sono seduto in modo da stare di fronte a lei, cosa che non mi disturba affatto. Abbiamo raggiunto

North Philadelphia alle 4.03 del pomeriggio e West Philadelphia alle 4.14, ma non ci siamo fermati in Broad Street. Siamo arrivati alle 6.30 a Baltimora e a Washington D.C. alle 7.25. Lì il nostro treno s'è fermato per un paio d'ore, così ne ho approfittato per scendere a sgranchirmi le gambe. Quando sono tornato, mi sono accorto che la nostra vettura era stata spostata su un altro binario, ma fortunatamente ricordavo il suo nome, La Belle – perché c'è un lago che si chiama così nel Wisconsin, a Oconomowoc, dove una volta sono andato a trovare una zia, e allora m'è rimasto ben impresso – così non mi è stato difficile ritrovarlo. Ma mia moglie s'era molto agitata per paura che mi fossi perso.

"Ma cara," l'ho rassicurata io, "ti avrei comunque raggiunta col treno dopo."

"Lo avresti potuto fare, sì, ma con che soldi?" Li tenevamo in effetti nel vagone.

"Beh, siamo pur sempre a Washington: avrei potuto chiederli in prestito al Ministero del Tesoro. Magari fingendo d'essere inglese."

Mia moglie ha riso alla mia battuta.

Il treno è ripartito da Washington alle 9.40 e così ci siamo ritirati nelle rispettive cuccette: a me è toccata quella in alto, ovviamente. Durante la notte siamo passati attraverso i verdi campi della vecchia Virginia, anche se c'era un po' troppo buio per assicurarsi che fossero davvero verdi e non di qualunque altro colore. Quando ci siamo svegliati, eravamo già a Fayetteville, nel North Carolina. Abbiamo fatto colazione e poi ci siamo messi a chiacchierare con l'uomo che stava nel compartimento attiguo al nostro. Veniva da Lebanon, nel New Hampshire, ed era ormai sull'ottantina. Sua moglie viaggiava con lui, insieme alle due figlie ancora zitelle, e ricordo che gli ho chiesto stupito come facessero a viaggiare tutti stipati in un solo compartimento, ma lui mi ha detto che c'erano abituati, perché facevano quel viaggio ogni inverno da almeno cinquant'anni e sapevano come organizzarsi. Erano diretti a Tarpon Springs.

Abbiamo raggiunto Charleston, nel South Carolina, alle 12.50, e siamo arrivati a Savannah, Georgia, alle 4.20 in punto. Quindi abbiamo sostato a Jacksonville, in Florida, dalle 8.45 di sera per almeno un'ora e un quarto, ma mia moglie mi ha impedito di scendere, così abbiamo finito per rintanarci nelle nostre cuccette ancor prima di aver lasciato Jacksonville. Non ho dormito bene per nulla, visto che il treno continuava a sferragliare e ululare, e del resto mia moglie non dorme mai bene sul treno, perché ha sempre paura ch'io sia sbalzato fuori. Dice che preferirebbe stare lei nella cuccetta sopra, così almeno potrebbe smettere di preoccuparsi, ma sono io che non voglio prendermi il rischio del suo sacrificio: se dovesse mai succederle qualcosa, chissà poi cosa direbbe di me la gente.

La mattina seguente eravamo già svegli per vedere i nostri amici del New Hampshire scendere a Tarpon Spring, raggiunta alle 6.53.

Molti passeggeri hanno lasciato il treno una volta arrivati a Clearwater e a Belleair, dove la fermata è proprio di fronte a un enorme hotel. Belleair, in inverno, diventa il quartier generale dei golfisti, e infatti i passeggeri che scendevano lì erano carichi di mazze da golf, alcuni ne avevano anche dodici in una sola borsa. Donne e uomini. Ricordo che quand'ero giovane ci bastava una mazza e un campo per divertirci, e probabilmente il modo in cui giocavamo avrebbe fatto rabbrividire la maggior parte di quei tizi così attrezzati.

Il treno è arrivato a St. Petersburg alle 8.20 e scendendo sembrava quasi d'essere finiti nel bel mezzo di una rivolta, tanti erano i negri che urlavano cercando di attirare gente nei diversi hotel della città.

Così ho detto a mia moglie: "Meno male che abbiamo già un posto dove andare e non dobbiamo scegliere un hotel. Sarebbe dannatamente difficile decidere, con tutta questa gente che sostiene di proporre il meglio della città."

Lei ha riso.

Abbiamo trovato un tassì dei più economici e ci siamo fatti portare all'indirizzo lasciatoci da mio genero. Lì abbiamo trovato la proprietaria della casa, una giovane vedova di quarantotto anni che ci ha mostrato la nostra stanza, che era ampia e luminosa, con un bel letto, una pratica scrivania e un lavabo.

 Costava dodici dollari a settimana, ma la posizione era

ottima, a soli tre isolati da Williams Park.

St. Pete è quella che si definirebbe una piccola cittadina, e spesso viene chiamata Sunshine City, non essendoci altro posto al mondo in cui il Vecchio Sole sorride meno spesso alla Madre Terra, tanto che nei pochi giorni di pioggia i giornali vengono distribuiti gratuitamente. Pare che negli ultimi undici anni sia successo solo una sessantina di volte. Un altro soprannome per questa ridente cittadina è "la Palm Beach dei poveri", ma per quanto ne so io i tizi in vacanza da queste parti chiedono prestiti alle banche almeno quanto i loro cugini ricconi di Palm Beach.

Durante il nostro soggiorno ci siamo anche spinti fino a Lewis "Tent" City, che è una meta classica per i turisti Tin Can. Magari voi non sapete neanche chi sono, i Tin Can. Beh, questi tizi organizzano vacanze in campeggio portandosi tutto da casa, tende per dormire e fornelli eccetera, e non c'è alternativa: o si viaggia così o non si può far parte dell'organizzazione.

Stando a quanto mi dicono l'organizzazione conta oltre duecentomila membri, che si fanno chiamare Tin Canners e, manco a dirlo, si nutrono per lo più di cibo in scatola. I Pence, che abbiamo incontrato in questa specie di Tendopoli City, arrivavano da Brady, in Texas. Lui era un vecchietto di più di ottant'anni e aveva guidato per cinque settimane intere, percorrendo oltre 1.641 miglia in automobile.

I Tin Canners arrivano da ogni angolo della nazione e d'estate si riversano nel New England e nelle regioni dei

Grandi Laghi, ma d'inverno prediligono le coste della Florida, e si accampano un po' dappertutto. Laggiù mi è anche capitato d'imbattermi in una loro convention a Gainsville, Florida, durante la quale hanno eletto un tizio di Fredonia, New York, come loro presidente. Così, è ufficialmente diventato il primo Royal Tin Can del mondo. Hanno anche una canzone, e chiunque voglia diventare uno di loro deve impararsela a memoria:

Scatoletta per sempre! Forza, ragazzi! Viva la scatoletta! Abbasso gli hotel! Forza sgommiamo attorno al falò, su quattro ruote all'urlo di 'Campeggiare sempre'!

Credo faccia più o meno così. E i membri devono anche fissare una scatoletta al paraurti della loro vettura, per farsi riconoscere.

Ho chiesto a mia moglie se desiderasse unirsi a quell'allegra brigata, e lei mi ha risposto:

"Va bene, purché non ci sia tu alla guida, vecchio rimbambito."

"Beh," le ho detto io, "sono comunque otto anni più giovane del signor Pence, che ha guidato fin qui dal Texas."

"Sì, ma almeno lui è abbastanza vecchio da starsene zitto: guida senza borbottare sempre come una pentola di fagioli."

Non c'è verso, mia moglie vuole avere l'ultima parola su tutto, è fatta così.

Comunque, una delle prime cose che abbiamo fatto una volta arrivati a St. Petersburg è stata andare alla Camera di Commercio e registrarci, considerata la grande rivalità che regna tra i viaggiatori dai vari stati. Certo il nostro rimane uno stato di poco conto con una manciata di rappresentati appena, ma tutto aiuta. Dai e dai, alla fine ci hanno detto che siamo in undicimila turisti registrati qui: quelli dell'Ohio fanno la parte del leone perché sono almeno in millecinquecento, seguono poi i turisti dallo stato di New York con i loro milleduecento iscritti. Poi viene il Michigan, la Pennsylvania e così via, con anche un tizio da Cuba e un altro dal Nevada.

La prima sera c'era una riunione della New York-New Jersey Society alla Chiesa congregazionalista, e un tizio di Ogdensburg, nello Stato di New York, ha fatto un gran bel discorso. Ha parlato delle illusioni. Era uno del Rotary Club, un oratore convincente, di cui ora non ricordo più il nome.

Una delle nostre prime preoccupazioni è stata trovare un posticino per cena e dopo aver provato diversi posti abbiamo scelto un ristorantino sulla via principale. Servivano piatti tradizionali e andando a pranzo e a cena, avremmo speso due dollari al giorno; forse un po' costoso, ma il cibo era ben cucinato e il locale pulito. Quando il servizio è buono, il prezzo non conta.

Il tre di febbraio, che è il giorno del compleanno di mia moglie, ci siamo concessi uno strappo alla regola e abbiamo cenato al Poinsettia Hotel, dove ci hanno spillato ben settantacinque centesimi per una bistecca che bastava a malapena per uno.

Ho detto a mia moglie: “Meno male che non compi gli anni tutti i giorni, perché in quel caso saremmo rovinati!”

“Più che altro,” mi ha risposto lei, “se ogni giorno avessi un anno in più sarei già morta da un pezzo.”

Riesce sempre ad avere l’ultima parola, non c’è niente da fare.

Al Poinsettia c’era anche una saletta in cui si giocava a bridge. Abbiamo anche visto una pista da ballo, così ho chiesto a mia moglie se voleva fare quattro salti, ma lei mi ha risposto che era troppo vecchia per dimenarsi come si usa fare ai giorni nostri.

Così siamo rimasti a guardare quei giovanotti che ballavano con le loro compagne finché mia moglie non ne è stata definitivamente disgustata, e allora abbiamo deciso di vederci un buon film per rifarci la bocca. Mia moglie è una vera appassionata di cinema, e a casa andiamo a vederci almeno un paio di film a settimana.

Ma voglio raccontarvi del parco. Durante il nostro secondo giorno a St. Petersburg siamo andati a visitarlo, e devo dire che assomiglia a quello di Tampa, solo che è più grande e ci sono molte più attrattive. Ad esempio, proprio nel mezzo, c’è un enorme palcoscenico per la banda, con sedie per il pubblico, e ci si può accomodare ad ascoltare qualche buon concerto: fanno musica d’ogni genere, dal Dixie ai pezzi più tradizionali come *Hearts and Flowers*.

Poi, tutt’intorno, ci sono zone attrezzate per i vari sport e un’area per i giocatori di scacchi e dama e domino e, per i più agili, campi da *roque* e da lancio dei ferri di cavallo. Anch'io li lanciavo un tempo, ma sono passati più di vent'anni, ormai. Comunque ho acquistato una tessera del Club, visto che costava solo un dollaro per l'intera stagione, anche se mi hanno detto che un paio d'anni fa bastavano cinquanta centesimi (a quanto pare hanno dovuto alzare i prezzi per tenere alla larga certa marmaglia).

Fatto sta che io e mia moglie abbiamo trascorso una splendida giornata a guardare i lanciatori di ferri di cavallo e lei insisteva perché mi unissi a loro, ma non volevo perché, come ho detto, sono parecchio giù d'allenamento ormai e mi renderei solo ridicolo – anche se ho visto certi brocchi che lanciavano senza la minima tecnica. Comunque, c'erano anche dei buoni giocatori, e in particolare un giovanotto di Arkon, Ohio, che lanciava niente male. Mi hanno detto che era il favorito per il campionato nazionale, che si sarebbe tenuto lì in febbraio.

Siamo partiti qualche giorno prima del torneo e così non abbiamo mai più saputo se abbia vinto o meno, e ormai ho dimenticato anche il suo nome, ma era un bel giovanotto snello e so che aveva un fratello a Cleveland, membro del Rotary club.

Insomma, siamo rimasti a gironzolare nel parco, guardando tutta quella gente giocare, per un paio di giorni, forse tre, finché non mi sono deciso a sedermi anch'io per una partita a scacchi con un tizio di nome Weaver, che veniva da Danville, Illinois. Era uno scacchista piuttosto bravo, ma non c'è stata gara, e spero di non fare la figura dello spaccone se dico che io sono un ottimo giocatore, e tutti potrebbero confermarlo. Ho giocato con questo Weaver per un paio di mattinate e lui mi ha battuto una sola volta, e solo perché ha avuto una fortuna sfacciata, senza contare che era quasi mezzogiorno e io avevo fretta di andare a pranzo.

Mentre giocavo a scacchi, mia moglie se ne stava ad ascoltare l'orchestra, perché lei ama la musica, classica e d'ogni tipo; fatto sta che lì ha conosciuto la signora seduta accanto a lei, con cui s'è messa a chiacchierare. Era più o meno sua coetanea, sui settanta o giù di lì, e alla fine quando si sono presentate, mia moglie le ha detto da dove veniva e come si chiamava, e sapete cos'è venuto fuori?

Beh, quella donna era proprio la moglie di Frank M. Hartsell, il tizio che era fidanzato con mia moglie finché non gliel'ho portata via cinquantadue anni or sono! Sissignore! E potete immaginarvi la sorpresa di mia moglie! E la signora Hartsell è rimasta altrettanto sorpresa, quando mia moglie le ha spiegato che conosceva bene il signor Hartsell, anche se non ha specificato quanto, e non le ha detto nemmeno che era stata lei la vera causa del suo improvviso trasferimento. Le cose erano andate così: Hartsell aveva lasciato la città un mese dopo la rottura del loro fidanzamento e da allora non vi era mai più tornato. Aveva lasciato il West e si era spostato nel Michigan; lì era diventato un veterinario e si era stabilito a Hillsdale, dove aveva incontrato e sposato quella che tutt'oggi era sua moglie.

Mia moglie ha preso allora coraggio e le ha chiesto se Frank fosse ancora vivo, così la signora Hartsell l'ha accompagnata all'area in cui si riunivano i lanciatori di ferri di cavallo, dove il vecchio Frank stava aspettando il suo turno. Ha riconosciuto subito mia moglie, fin dal primo sguardo, anche se erano passati più di cinquant'anni. Ha detto che l'ha riconosciuta dagli occhi.

"Ma guarda chi c'è, Lucy Frost!" ha esclamato, lasciando cadere a terra il suo ferro di cavallo per andarla a salutare.

Poi sono venuti a chiamarmi e io devo confessare di non averlo proprio riconosciuto. Abbiamo la stessa età ma lui è invecchiato peggio, in un certo senso. Innanzi tutto è più calvo, poi ha la barba tutta bianca, mentre la mia a tratti è ancora bruna, almeno qua e là. Così la prima cosa che gli ho detto è stata:

"Beh, Frank, la tua barba mi fa sentire come se fossimo in Lapponia. Sembri proprio Babbo Natale!"

"Suppongo che anche la tua sarebbe bianca, se solo la lavassi."

Mia moglie ha cercato di fermare con una battuta quello scambio di gentilezze:

"E va ancora bene che non mastica più tabacco da almeno dieci anni! Le cose da allora sono molto migliorate."

E lo sono davvero!

Mi sono congedato dalla scacchiera, essendo ormai

quasi mezzogiorno, e abbiamo deciso di andare tutti insieme a mangiare qualcosa per pranzo. Gli Hartsell hanno insistito per farci provare il loro ristorante sulla Third Avenue: era leggermente più costoso del nostro ma per nulla all'altezza in quanto a qualità. Io e mia moglie abbiamo preso più o meno le stesse cose di sempre a abbiamo speso un dollaro e dieci; mentre il conto di Frank ammontava addirittura a un dollaro e venti. Ma davvero non ne valeva la pena: lo stesso menù gli sarebbe costato meno di un dollaro, nel nostro locale di fiducia.

Dopo cena ci hanno accompagnati fino a casa e così ci siamo accomodati nel salottino che avevamo a disposizione per gli ospiti a fare quattro chiacchiere. Avevamo appena incominciato a ricordare i vecchi tempi, quando mia moglie s'è detta preoccupata per la signora Hartsell, che avrebbe forse potuto trovare noiose le nostre storie, ma com'è ben presto stato evidente, non c'era alcun pericolo: appena quella donna prendeva la parola, non era più possibile interromperla. Giuro che ne ho conosciute di chiacchierone, ma la signora Hartsell è di gran lunga la peggiore di tutte: ci ha narrato le vicissitudini di quasi ogni famiglia residente nello Stato del Michigan e poi è passata a raccontarci per più di mezz'ora del figlio, che lavora nel campo farmaceutico a Gran Rapids ed è membro del Rotary.

Quando ogni tanto io e Hartsell riuscivamo a dire una parola, era per prenderci in giro, e io cercavo di punzecchiarlo chiamandolo dottore dei cavalli.

"Beh, Frank," gli ho detto, "sembra che le cose ti vadano piuttosto bene: immagino ci siano state un bel po' di epidemie equine dalle parti di Hillsdale."

"Ti dirò: sono riuscito a farmi una posizione e ora non ce la passiamo affatto male. Ma mi sono dovuto rimboccare le maniche e lavorare duro."

"Sì, immagino," gli ho risposto io, "chissà quante notti insonni, passate ad assistere le cavalle gravide e altre cose così..."

Mia moglie mi ha fatto segno di tacere.

A un certo punto temevo davvero che non se ne andassero mai più a casa: io e mia moglie facevamo fatica a tenere gli occhi aperti, visto che siamo abituati a fare un pisolino dopo pranzo. Ma poi finalmente ci siamo salutati, con la promessa d'incontrarci il mattino seguente al parco. La signora Hartsell ci stava persino invitando da loro per cena, e magari per una partita a carte, ma poi si è ricordata di avere un impegno con la Michigan Society, e abbiamo rimandato l'incontro a un paio di sere dopo.

Hartsell e sua moglie vivevano sulla Third Avenue North e avevano un salottino privato con vista, proprio accanto alla camera da letto. La signora Hartsell continuava a decantarlo come fosse qualcosa di strepitoso. Abbiamo giocato a carte, Hartsell in coppia con mia moglie e io con la sua. La signora Hartsell si è rivelata essere una pessima giocatrice e infatti abbiamo perso rovinosamente.

Dopo la partita lei ha tirato fuori un cesto di arance e noi abbiamo dovuto fingere di gradirle, anche se ormai ne avevamo fin sopra i capelli: da quelle parti sono ovunque, e all'inizio si mangiano volentieri, ma poi diventano quasi una seccatura.

Ci siamo rivisti per un'altra partita da noi, la sera seguente, e abbiamo tenuto le stesse coppie. Ancora una volta, mia moglie e Hartsell hanno stravinto: dopo continuavano a complimentarsi, dicendo che erano una squadra imbattibile e altre scemenze così, quando in realtà sapevamo tutti il vero segreto del loro successo. Su dieci sere che abbiamo giocato, solo una volta io e la signora Hartsell siamo riusciti ad avere la meglio, e non certo per merito suo.

Quando ormai ci frequentavamo con gli Hartsell da un paio di settimane, siamo stati loro ospiti presso la Chiesa congregazionalista, per un evento organizzato dalla Michigan Society. Un tizio di Detroit, tale Bitting, ha tenuto una conferenza intitolata "Come sono guarito dall'abitudine di raccontar frottole". Era un pezzo grosso del Rotary e ha fatto un gran bel discorso.

Una certa signora Oxford si è poi cimentata in alcuni brani che, stando alla signora Hartsell, erano nel repertorio classico dell'opera, ma, se proprio devo dirla tutta, mia figlia Edie avrebbe potuto cantare qualcosa di meglio, altro che quegli insensati piagnistei su diosolosacosa.

Poi è comparso un ventriloquo di Gran Rapids e una

donna sulla quarantina che imitava il cinguettio di diversi tipi d'uccello. A me sembrava sempre il verso di una gallina, e l'ho detto a mia moglie, che mi ha fatto segno di tacere.

All'uscita dalla Chiesa ci siamo fermati in un negozio a comprare qualcosa da mangiare, e quando abbiamo finalmente rimesso piede in casa si erano già fatte le dieci. Io e mia moglie avremmo preferito essere andati al cinema, ma come ha detto lei non potevamo rischiare di offendere la signora Hartsell. Io le ho fatto notare che se eravamo venuti fino in Florida era per divertirci, e non certo per evitare di offendere una vecchia chiacchierona del Michigan.

Mi è dispiaciuto invece per Hartsell, una mattina. Le donne erano andate a farsi la pedicure e io al parco mi sono imbattuto in Frank che si è offerto di giocare con me a scacchi. È stato lui a propormelo, non io, e penso se ne sia pentito quasi subito, ancor prima d'iniziare una partita. Ma era troppo testardo e orgoglioso per darlo a vedere ed è rimasto lì a farsele suonare mossa dopo mossa, e come se non bastasse c'era pieno di gente a guardarci giocare. Quando si sono resi conto della figuraccia che stava facendo Frank hanno iniziato a sfotterlo e a dargli consigli. Uno, ad esempio, gli ha detto:

"Ma sei sicuro di sapere come si gioca?"

E un altro:

"Amico, prova con le bocce, perché con gli scacchi sei davvero negato!"

Quasi quasi, per un attimo, sono stato persino tentato di farlo vincere un paio di volte. Ma quella gente se ne sarebbe sicuramente accorta e non era il caso.

Poi le donne ci hanno raggiunto e io non avevo alcuna intenzione di parlare delle nostre partite a scacchi, ma è stato Hartsell a farlo, ammettendo che non c'era stata gara e le avevo vinte tutte.

"Beh," ha detto allora la signora Hartsell, "in fondo gli scacchi non possono esser considerati un vero e proprio gioco, penso siano piuttosto un passatempo da bambini. Almeno, a quanto ne so io. Mio figlio da piccolo ci giocava spesso..."

"Sissignora," le ho risposto seccato, "e senz'altro Frank gioca come se fosse un bambino."

Mia moglie ha cercato di stemperare, dicendo che forse Frank era più portato per altri giochi.

"Sì," ha detto allora la signora Hartsell, "scommetto che vincerebbe, coi ferri di cavallo..."

"Fosse per me," ho detto, "gli darei anche una possibilità, ma non lancio un ferro di cavallo da almeno sedici anni!"

"Beh," ha protestato Hartsell, "io non giocavo a scacchi da vent'anni."

"Non credo davvero tu ci abbia mai giocato, amico," gli ho fatto notare io.

"Comunque sia," mi ha punzecchiato Frank, "io e Lucy abbiamo dimostrato di essere i migliori a carte."

 Avrei voluto dirgli come stavano in realtà cose, che la

colpa era solo ed esclusivamente di sua moglie, ma ho avuto la decenza di mordermi la lingua.

Fatto sta che adesso voleva giocare a carte tutte le sere, anche quando io e mia moglie saremmo volentieri andati al cinema; e non potevamo certo fingere un'emicrania col rischio d'incontrarli poi all'entrata della sala. In realtà non mi dispiace giocare a carte, a patto che il mio partner non sia una schiappa del calibro della signora Hartsell, che ogni due secondi perde il filo per raccontare qualche aneddoto su suo figlio.

Comunque, un giorno saltò fuori che anche la New York - New Jersey Society stava organizzando una serata mondana, così quando l'ho detto a mia moglie, ho aggiunto:

"Beh, almeno avremo una scusa per non giocare a carte."

"Sì," mi ha detto lei, "ma dovremo comunque invitare Frank e sua moglie, per ricambiare."

"Avrei preferito starmene a casa, se avessi saputo che venendo qui in Florida sarei stato costretto a sopportare quella radio di donna ogni santo giorno."

"Non ti va mai bene niente," mi ha rimproverato mia moglie. "Forse lei è un po' chiacchierona, ma è una donna di buon cuore. E poi, Frank è sempre una compagnia così gradevole!"

"Se è una compagnia così gradevole, immagino avresti dovuto sposarlo."

Mia moglie è scoppiata a ridere dicendo che sembravo

geloso. Geloso io! E di un dottore delle vacche, poi!

Fatto sta che abbiamo invitato gli Hartsell alla nostra serata mondana, che, manco a dirlo, è stata di gran lunga migliore della loro.

Il Giudice Lane di Paterson ha fatto un bel discorso sulla situazione economico-finanziaria, e la signora Newell di Westfield ha imitato il cinguettio di svariate specie d'uccello che (stavolta sì!) era possibile riconoscere distintamente. Due giovani signore di Red Bank hanno poi intonato una serie di canzoni della tradizione che abbiamo applaudito con entusiasmo, chiedendo il bis; così ci hanno offerto una splendida versione di *Home to Our Mountains*, che ha commosso fino alle lacrime mia moglie e la signora Hartsell. Per dirla, tutta, anche Frank aveva gli occhi lucidi.

E poi non so bene com'è successo, ma mi hanno chiesto di dire due parole, e io non volevo, ma mia moglie ha insistito, e così mi sono alzato in piedi.

"Signore e signori," ho detto. "Non mi aspettavo di dover parlare stasera e a dire il vero non mi è mai capitato prima. Non sono un granché come oratore, ma cercherò di fare del mio meglio, e in fondo, come dico sempre, è l'unica cosa che possiamo fare."

Così ho raccontato la storiella di Pat e della sua motocicletta, usando le giuste inflessioni dialettali per dare un po' di colore alla vicenda e a quella gente è davvero piaciuta, tanto che ho proseguito con un altro paio di aneddoti, e giuro sarò rimasto lì in piedi a parlare per almeno venti-venticinque minuti, e quando mi sono messo a sedere dovevate sentire gli applausi e le grida d'approvazione. Anche la signora Hartsell ha ammesso che sono un bravo oratore, e ha detto che se mai dovessimo capitare dalle parti di Gran Rapids, dirà a suo figlio d'invitarmi a tenere un discorso per il Rotary Club.

Alla fine della serata, Hartsell voleva che andassimo da loro per la solita partita a carte, ma sua moglie gli ha fatto notare che erano già le nove e mezza passate, piuttosto tardi per iniziare a giocare, ma lui sembrava non volersene fare una ragione: era proprio uscito di senno per le carte, forse perché a casa non gli capitava mai di giocarci, con quella schiappa di sua moglie. Fatto sta che ci siamo salutati e siamo andati a dormire.

Il mattino dopo, mentre eravamo tutti e quattro al parco, la signora Hartsell ha detto che aveva bisogno di sgranchirsi un po', così le ho suggerito di giocare a *roque*.

Lei non ci giocava da almeno vent'anni, ma ha detto che se mia moglie si fosse unita a lei, avrebbe provato a fare una partita. Beh, all'inizio mia moglie non ne voleva proprio sapere, ma poi alla fine ha acconsentito, più che altro per far piacere alla signora Hartsell.

Così hanno fatto una partita con una certa signora Ryan da Eagle, Nebraska, e la giovane signora Morse di Rutland, Vermont, che mia moglie aveva incontrato dal podologo. Mia moglie non riusciva a battere nemmeno un colpo e tutte hanno iniziato a ridere di lei e io stesso mi sono ritrovato a ridere, finché non ha deciso di smettere lamentando un improvviso mal di schiena. Così hanno preso al suo posto un'altra signora e hanno continuato la partita e ben presto la signora Hartsell si è resa a sua volta lo zimbello di tutti, dato che nello sforzo di colpire la pallina ha perso la dentiera, facendola cadere in terra sul campo da gioco. Non ho mai visto una donna tanto imbarazzata in vita mia. E non ho mai sentito così tante risate; solo la signora Hartsell non partecipava all'ilarità generale, ed era così inviperita che alla fine ha deciso di smettere di giocare, e la partita è stata bruscamente interrotta.

Mentre la signora Hartsell s'incamminava verso casa senza dire una parola, Frank continuava a gironzolarci intorno, e alla fine mi ha detto:

"Io ho accettato di giocare a scacchi con te, l'altro giorno, e mi hai letteralmente stracciato. Adesso cosa ne dici di provare coi ferri di cavallo?"

Ho cercato di tirarmi indietro ribadendo che non ci giocavo da almeno sedici anni, ma a quel punto è intervenuta mia moglie:

"Vai a giocare e smettila. Un tempo eri bravo, e di sicuro ti ricordi ancora come si fa!"

Insomma, per farla breve, mi sono lasciato convincere. Sapevo che non avrei dovuto, non tiravo un ferro da sedici anni, l'ho fatto solo per risollevare il morale a Hartsell.

Poco prima d'iniziare la partita, mia moglie mi ha dato una pacca sulla spalla dicendomi di fare del mio meglio, poi già dal primo tiro mi sono reso conto che in quei sedici anni dovevo aver perso la mira, e come se non bastasse in alcuni punti la cromatura dei ferri di cavallo era così rovinata che dovevo prestare più attenzione a non tagliarmi la mano che a colpire il bersaglio.

Comunque, Hartsell ha messo a segno un tiro che sembrava impossibile, davvero non avreste mai detto che ce l'avrebbe fatta, e invece ha avuto una fortuna sfacciata e c'è riuscito malgrado tutto. Ovvio che non c'è gusto a giocare contro uno così.

S'era ormai radunato un bel gruppetto di gente a guardarci, con almeno quattro o cinque donne accanto a mia moglie, e Hartsell era così concentrato che doveva aver dimenticato le buone maniere, dato che l'ho visto sputare proprio in direzione di quelle signore. Da un uomo della sua età mi sarei aspettato un comportamento più educato: insomma, pensavo avesse ormai imparato come stare al mondo.

Insomma, per farla breve, ero pronto a prendere la mira quando sono stato costretto a ritirarmi per via del mio pollice: l'ho mostrato anche a Hartsell perché si rendesse conto di quanto sanguinava. Potevo ancora farcela, in effetti mi reggevo in piedi nonostante tutto, ma mia moglie non mi avrebbe mai permesso di continuare a giocare in quelle condizioni. Così ho fatto un passo indietro, e ho lasciato che Hartsell vincesse con un punteggio di diciannove a sei, o almeno così ha detto: io non avevo neanche più la forza di controllare e ho dovuto fidarmi di lui. Ormai non me ne importava nulla.

Così, io e mia moglie ce ne siamo tornati a casa, e mi sono permesso di dire che non avevo affatto voglia di rivedere ancora gli Hartsell, perché ero stanco e ne avevo fin sopra i capelli di quei due, ma lei a quanto pare era rimasta in parola per l'ennesima, sfiancante partita a carte.

Mi faceva molto male il pollice ed ero piuttosto insofferente, e forse non ero nemmeno più tanto lucido, fatto sta che quando quella sera Hartsell ha detto che se solo avesse potuto tenersi mia moglie come partner per sempre non avrebbe più perso una sola partita a carte, io non ci ho più visto.

"Amico, hai avuto la tua occasione cinquant'anni fa," sono sbottato. "Ma ti è andata male."

Un minuto dopo aver pronunciato quelle parole, me ne sono subito pentito. Hartsell non sapeva cosa dire, e per una volta neanche quella chiacchierona di sua moglie. Mia moglie ha cercato invece di buttarla sul ridere, osservando che dovevo aver corretto il tè con qualche liquore per arrivare a dire una tale scemenza. Ma ormai la signora Hartsell si era chiusa a riccio e ci ha a malapena augurato la buonanotte, nel salutarci. Scommetto che una volta rimasta sola con suo marito, gli ha fatto vedere i sorci verdi.

Poi, quando stavamo per andare, mia moglie ha detto:

"Non te la prendere, Frank. Charley a volte non sa quello che dice. In realtà è solo nero di rabbia perché lo hai battuto prima coi ferri e adesso con le carte."

Sono sicuro che non facesse sul serio, l'ha detto solo per rimediare alla mia figuraccia, ma al tempo stesso penso fosse piuttosto arrabbiata con me. Ho cercato di tenere la situazione sotto controllo, ma appena arrivati in casa è saltato fuori l'argomento, e lei mi ha aggredito subito, rimproverandomi per quell'uscita così inopportuna.

Non ero proprio dell'umore per farmi rimproverare. Così sono sbottato, a mia volta:

"Immagino che ti sarai pentita di non averlo sposato, quel gran giocatore di Frank!"

"Beh," ha detto lei, "almeno non si comporta come un bambino che si tira indietro lagnandosi per un misero graffio al dito!"

"E cosa dovrei dire di te sul campo da *roque*? Guarda caso un improvviso mal di schiena ti ha impedito di continuare la partita!"

"Sì, ma almeno io non ho riso di te quando ti sei fatto male al dito!"

"Ma dai! Era una scena troppo divertente per restare serio!"

"Beh, sappi che Frank Hartsell non stava ridendo."

"E allora perché non hai sposato lui?"

"Avrei dovuto," ha esclamato mia moglie, "anzi, quasi vorrei averlo fatto!"

"Non sai quanto lo vorrei anch'io!"

"Me ne ricorderò!" ha concluso mia moglie; e quelle

sono state le sue ultime parole di lì a un paio di giorni.

Quando abbiamo incontrato gli Hartsell il mattino seguente al parco avrei voluto scusarmi, ma loro si sono limitati a salutarci con un cenno. E due giorni dopo c'è arrivata voce che s'erano spostati a Orlando, dove avevano alcuni parenti.

Se solo se ne fossero andati prima!

Io e mia moglie ci siamo seduti su una panchina.

"Senti, Charley," mi ha detto lei. "Questa doveva essere la nostra seconda luna di miele, e io non voglio rovinare tutto per colpa di una stupida litigata."

"Beh," ho obiettato io, "sei ancora pentita di non aver sposato Hartsell?"

"Ma certo che no," mi ha risposto, aggiungendo: "sempre a patto che tu non sia pentito d'avermi sposato."

"Senti, cara, ero solo stanco e nervoso. Ringrazio Dio ogni giorno perché hai scelto me e non Frank e ti giuro che non c'è altra donna al mondo con cui avrei voluto vivere tutti questi anni."

"E che mi dici della signora Hartsell?"

"Ma vuoi scherzare? Non riesco a immaginare niente di peggio che essere sposato a una donna che gioca così male a carte e perde i denti sul campo da *roque*!"

"Beh," ha riso mia moglie, "non sarebbe certo meglio avere per marito un uomo che sputa contro delle signore e si rende ridicolo giocando a scacchi senza esserne capace."

Così le ho posato il braccio sulla spalla e lei mi ha stretto forte la mano, e penso sembrassimo proprio due sciocchi, lì così sulla panchina.

Mancavano solo due giorni alla fine della nostra vacanza e il penultimo giorno mia moglie mi ha presentato una certa signora Kendall, di Kingstone, Rhode Island, che aveva conosciuto dal podologo.

La signora Kendall a sua volta ci ha presentati al marito, che è nel ramo degli alimentari. Hanno due figli e cinque nipoti e persino un bis-nipotino. Uno dei loro figli vive a Providence e a quanto pare anche lui è nel Rotary Club.

Ci siamo trovati molto bene con loro e abbiamo giocato insieme a carte, le ultime due sere a St. Petersburg. Erano entrambi molto bravi e mi dispiaceva solo di non averli incontrati prima, al posto degli Hartsell. Ma i Kendall sarebbero tornati in vacanza lì l'anno seguente e magari avremmo potuto rivederci, se decidevamo di ripetere l'esperienza.

E alla fine abbiamo lasciato quella splendente Città del Sole l'undici di febbraio alle undici in punto. Così questa volta siamo riusciti a vedere quei paesaggi della Florida che all'andata erano già avvolti nel buio della sera. Siamo arrivati a Jacksonville alle 7.00 e siamo ripartiti alle 8.10. Ci siamo poi fermati a Fayetteville, nel North Carolina, alle 9.00 del mattino seguente, e quindi siamo arrivati alle 6.30 di sera a Washington D.C., dove abbiamo sostato per oltre mezz'ora.

Abbiamo infine raggiunto Trenton alle 11.01 di sera e nostra figlia è venuta con suo marito a prenderci in stazione, e da lì ci hanno portati a casa loro. John ci avrebbe tenuti svegli tutta la notte a farci raccontare del nostro viaggio, ma Edie gli ha detto che dovevamo essere stanchi, ed era meglio che andassimo a dormire. È proprio mia figlia.

Il giorno seguente abbiamo preso nuovamente il treno per tornare a casa e siamo finalmente arrivati sani e salvi a destinazione dopo ben un mese e un giorno di vacanza.

Ma adesso sta arrivando mia moglie, sarà meglio che chiuda.

Adesso e allora

Nassau, Bahamas, 3 febbraio

Carissima Esther,

Bob sta dormendo e voglio approfittare di questi pochi minuti per scriverti una lettera, anche se temo non sarà molto lunga perché può svegliarsi da un momento all'altro e quando succederà sono sicura che insisterà per farmi smettere e "occuparmi un pochino" di lui. È davvero geloso di noi e della nostra amicizia, gli dà fastidio il solo pensiero che io voglia così bene a qualcun altro da sentire il desiderio di scrivergli una lettera. Io la trovo una cosa incredibilmente sciocca. Eppure m'intenerisce vederlo così, perché mi rendo conto d'essere al centro della sua vita: quando si tratta di me, si comporta come un bambino e non sopporta sentirmi parlare delle mie vecchie amiche e delle cose che mi sono successe prima di conoscerlo.

Adesso, a ripensarci, siamo contenti di non essere partiti per il viaggio di nozze appena dopo sposati: è valsa la pena aspettare sette mesi, così che Bob avesse modo di prendersi una vera vacanza senza dover stare tutto il tempo a preoccuparsi degli affari. Altrimenti, se non avessimo aspettato, non avremmo mai potuto vedere questo posto da sogno, e ti giuro, Esther, che qui è un vero paradiso, così bello e incontaminato che sembra di essere in un altro mondo.

Ma voglio cominciare dal principio e raccontarti ogni cosa come ti ho promesso, anche se temo non sarà molto interessante perché tanto per cominciare ho sofferto tremendamente il mal di mare durante tutto il tragitto in nave, e forse ti sembrerà buffo ma in fondo ne sono stata contenta perché Bob con me è stato un vero tesoro, non mi ha lasciata un minuto, anche se lui come ben sai è un esperto marinaio e io devo avergli rovinato il viaggio. Sono stata in condizioni pessime per tre notti filate e un paio di giorni, ma appena si è fermata la nave, la mattina di lunedì, ho ricominciato a sentirmi abbastanza bene da potermi finalmente godere il paesaggio.

La nave è dovuta rimanere ancorata lontano dal porto perché vicino a riva l'acqua è troppo bassa, così ci hanno trasportato sulla costa a bordo di una lancia e poi abbiamo dovuto aspettare i bagagli, che sono stati ispezionati perché questo è un porto inglese: in realtà non hanno aperto nulla, si sono limitati a fare dei segni col gesso sulle valigie; Bob dice che di questi tempi alla dogana cercano solo gli alcolici di contrabbando, ma sanno che nessuno cercherebbe di portarlo da queste parti, perché sarebbe assurdo almeno quanto importare del carbone in Pennsylvania.

Poi siamo saliti su una pittoresca carrozzella a due posti e ci hanno portato in albergo; Bob ha chiacchierato tutto il tempo con il cocchiere, che era nero come tutti da queste parti, però non sono come i nostri neri, qui parlano con uno strano accento e quasi si fa fatica a capire quello che dicono. La camera è meravigliosa e si affaccia proprio sul mare, che è meraviglioso, con tutte quelle sfumature di verde e azzurro e lilla che fanno venir voglia di dipingere, tanto sono meravigliose.

A colazione Bob ha chiesto al capocameriere un tavolo appartato. Anche se sostiene di essere sempre stato un tipo socievole, da quando siamo sposati non vuole aver niente a che fare con gli estranei e preferisce stare da solo con me. Così il capocameriere ci ha dato questo tavolo in un angolo, accanto alla finestra, e quando un'altra coppia si è seduta accanto a noi, Bob non ci ha più visto ed è andato a lamentarsi, quasi che nessuno oltre a noi avesse il diritto di stare lì, o che so io.

Dopo colazione ho disfatto le valigie, o meglio ho dato indicazioni a Bob, che non vuole vedermi alzare un dito perché dice che non se lo perdonerebbe mai di vedermi faticare anche in luna di miele. Alle cinque l'orchestra dell'albergo ha iniziato a suonare e sul prato avevano allestito una pista da ballo e servivano il tè e altre bibite con qualche dolcetto, e così anche io e Bob ne abbiamo approfittato, e abbiamo ballato quattro canzoni.

Quasi tutti gli uomini intorno a noi sorseggiavano dei

cocktail e Bob ha detto che non avevano tutti i torti perché se mai avesse dovuto ballare con una delle altre donne presenti si sarebbe dovuto stordire a furia di alcolici. Invece lui voleva mantenersi lucido per guardarmi ballare, e non aveva certo bisogno di bere gli bastava abbracciarmi e stare con me per sentire la testa leggera. Mi dice davvero tutte queste cose carine, e non suonano mai sdolcinate o già sentite, davvero.

Ma adesso si sta svegliando, ti devo salutare. Che dire? "Il seguito, alla prossima puntata."

Con affetto, tua Irma

Nassau, Bahamas, 6 febbraio

Cara, carissima Esther,

è tutto così bello qui, che sembra brutto non poterlo condividere con altri, ma in realtà so che è solo perché io e Bob siamo insieme e tutto diventa meraviglioso. È un vero paradiso e non so come si possa scegliere un altro posto quando si può venire qui, forse chi non ci viene è perché nemmeno sa che esiste, o forse è perché non conosce Bob e non sa quanto sa rendere tutto meraviglioso. Comunque, non sono mai stata tanto felice in vita mia e già penso con orrore a quando dovremo ripartire per tornare alla vita di sempre.

Durante la nostra prima sera qui, abbiamo conosciuto un'altra giovane coppia di sposi che ci hanno invitato a giocare con loro a bridge, solo che come sai io non ne sono capace e Bob mi assicurato che non voleva far niente senza di me e allora s'è inventato una scusa, che stavamo uscendo per un giro in barca a vela, e quando siamo rimasti soli m'ha poi detto che a lui non piace dire bugie, così siamo usciti davvero con una barca presa a nolo ed è stato semplicemente meraviglioso navigare al chiaro di luna io e Bob da soli. Cioè, c'era anche il tizio al timone, ma lui non ci guardava quasi mai.

Qui il chiaro di luna è meraviglioso, sembra di essere in paradiso, non so se esiste un altro posto così bello, e ci veniva da ridere al pensiero di starsene rinchiusi in albergo a giocare a carte quando si poteva godere di uno spettacolo così, ma forse qualcuno lo troverebbe noioso, o che so io.

La mattina dopo siamo saliti sul battello dell'albergo per fare un'escursione e abbiamo raggiunto una spiaggia dove l'acqua era così meravigliosa e abbiamo fatto una bella nuotata, ma a Bob non piaceva tanto stare lì perché c'era troppa gente in giro e non poteva sopportare che gli altri uomini mi guardassero in costume da bagno e così ci siamo allontanati per una passeggiata sul bagnasciuga, finché non abbiamo raggiunto un'altra spiaggia dove non c'era nessuno e allora ci siamo tuffati in acqua e abbiamo nuotato, ma c'era pieno di alghe e il mare non era meraviglioso come nell'altro tratto, qui c'erano anche gli scogli e io mi sono anche fatta male al dito del piede urtando contro un sasso, ma Bob ha detto che preferiva così piuttosto che permettere a tutti quegli uomini di guardarmi mezza nuda, e poi è stato carino con me, medicandomi il dito e continuando a chiedermi se stavo un po' meglio.

Bob è un fantastico nuotatore e ho cercato di convincerlo ad allontanarsi da riva per godersi l'acqua fonda, ma lui non ha voluto lasciarmi neanche un minuto, ha detto che non se lo sarebbe mai perdonato se per caso mi fosse successo qualcosa. Io gli ho assicurato che sarei rimasta nell'acqua bassa, dove non c'era pericolo, ma lui aveva sentito parlare di certi orribili pescicani e di barracuda che si spingevano fino a riva e mordevano le donne rimaste sole a nuotare.

Siamo tornati in albergo per colazione e nel pomeriggio abbiamo fatto un giro sulla barca col fondo in vetro nel parco marino. Da questa barca speciale si può ammirare il fondale che è allestito come un vero e proprio giardino di piante acquatiche in cui vivono un sacco di pesci colorati. Era semplicemente meraviglioso, un vero paradiso, ma Bob s'è innervosito perché un tizio mi ha rivolto la parola: lui non aveva delle cattive intenzioni, eppure Bob gli ha dato un'occhiataccia e ha rovinato un po' l'atmosfera.

A cena siamo rimasti in camera, perché Bob ha detto che giù nella sala ristorante c'erano fin troppe persone. Poi siamo andati a letto presto: l'orchestra stava ancora suonando sul prato ed era bellissimo starsene distesi ad ascoltare le canzoni, alcune tipiche delle Bahamas, e a Bob piacciono talmente tanto che ha detto che cercherà un disco in modo da portarcele a casa.

Adesso ha finito di farsi la barba ed è già vestito di tutto punto, così sono costretta a dirti: "Il seguito, alla prossima puntata." Perché, vedi, lui s'innervosisce se non mi faccio trovare pronta quando lui è pronto per uscire.

Con affetto, tua Irma

Nassau, Bahamas, 10 febbraio

Cara Esther,

indovina cos'ho fatto quest'oggi? Non lo scopriresti mai, per cui tanto vale che te lo dica. Ho giocato a golf. Forse non dovrei proprio dire che ci ho giocato, ma almeno ho provato a farlo, e Bob era meravigliato di come imparassi alla svelta e ha anche detto che ho un lancio bellissimo.

Lui è un fantastico giocatore e infatti ha portato con sé le sue mazze da golf, ma non le aveva ancora usate, perché non voleva mai separarsi da me. Poi ieri facendo un giro siamo passati davanti al campo da golf e Bob mi ha detto che gli sarebbe piaciuto giocare e allora ho insistito perché lo facesse, ma lui ha detto che sarebbe andato solo se ci avessi provato anch'io. Dapprincipio credevo che scherzasse, ma poi mi sono accorta che diceva sul serio e infatti ha detto che non vedeva ragione per cui non dovessi imparare, così d'estate avremmo potuto giocare insieme, e lui non sarebbe più stato costretto a frequentare quegli stupidi che lo sfidano per scommessa e poi si arrabbiano quando li batte.

Per farla breve, ho accettato, e Bob ha noleggiato per me qualche mazza da Jock Hutchinson, che è il maestro di qui, e siamo andati sul campo e la prima volta non ho nemmeno sfiorato la pallina, ma poi la seconda ce l'ho fatta e la terza è andata anche meglio, così abbiamo fatto nove buche e Bob ha detto che il mio punteggio era di novantadue, che è buono per una principiante. Domani giocheremo ancora e così ogni giorno fino alla nostra partenza, perché Bob non vuole andare da solo e poi è un ottimo esercizio fisico e lui si diverte tanto a giocare. Ci abbiamo messo un'ora ad andare e una a tornare; avremmo potuto impiegare dieci minuti soltanto, se fossimo andati in automobile, ma Bob qui vuole utilizzare solo le vetture a cavalli, che secondo lui s'intonano di più col posto, e dice che sarebbe un vero sacrilegio adoperare qualsiasi mezzo a motore. E tu, Esther, sarai fiera di me quando sarò diventata una perfetta giocatrice di golf? Forse avrò persino modo d'insegnarti, una volta che Bob sarà partito per qualche viaggio d'affari.

Tornando in albergo, abbiamo evitato per un soffio d'incontrare un tizio che conosce Bob ed è stata una vera fortuna che non ci abbia visto. Viene da Chicago e Bob dice che è simpatico e qualche volta fanno anche affari insieme, ma avrebbe finito per rovinarci la vacanza, visto che vogliamo starcene da soli tutto il tempo, senza parlare con nessun altro. Così abbiamo deciso di cenare ancora in camera, per non correre il rischio d'incontrare quell'uomo e forse anche sua moglie, che di sicuro sarà qui con lui, e allora saremmo stati costretti a passare la serata insieme e altre cose così. Spero che se ne vadano presto e che non diventino una seccatura.

Il secondo giorno qui mi sono fatta fotografare da un uomo che fotografa i clienti. Oggi le foto erano pronte e quel tizio ce le ha mostrate e io volevo comprare due o tre copie di ognuna perché erano davvero molto belle, ma Bob ha detto che ne potevo comprare soltanto una per copia e che le avrebbe tenute tutte lui, perché non voleva che le spedissi in giro a chissà chi, e a questo punto temo dovrai ricordarti di come sono fatta senza avere una mia foto sotto gli occhi.

Ieri sera l'orchestra ha suonato ancora sul prato e io e Bob ci siamo concessi un paio di balli e poi ci siamo seduti a guardare gli altri e mentre eravamo lì ci è venuto a salutare il vicedirettore dell'albergo e poi mi ha invitato a ballare ma Bob ha risposto per me e ha detto che non potevo perché mi ero slogata la caviglia nuotando.

So bene che quell'uomo mi aveva appena vista ballare e non so cos'avrà pensato, ma è stato molto gentile lo stesso e ha detto che forse avremmo potuto ballare insieme un'altra volta.

Quando se n'è andato Bob ha detto che non devo nemmeno più salutarlo quando lo vedo, altrimenti penserà che voglio incoraggiarlo e allora m'inviterà di nuovo a ballare.

Ora devo lasciarti, perché Bob ha finito di scrivere le sue lettere e vuole che gliele legga a voce alta. Io non sono molto brava, ma lui adora farmelo fare perché così può starsene seduto a guardarmi e dice che non gli importa davvero quello che sto dicendo, perché lui nemmeno mi ascolta, tanto è occupato ad ammirarmi.

Con affetto, tua Irma

Nassau, Bahamas, 13 febbraio

Carissima Esther,

so bene che ho promesso di scriverti ogni due giorni, ma temo dovrò deluderti. Potrei anche dirti una bugia, e farti credere che non ho nemmeno il tempo per scrivere, ma la vera ragione è che Bob s'innervosisce ogni volta che mi vede allo scrittoio, e d'altra parte non posso far nulla senza che lui se ne accorga, così sono certa che capirai se non riceverai più mie notizie nei prossimi giorni. Ti prometto però che non appena sarò a casa e Bob avrà ripreso il lavoro, verrò a trovarti e ti racconterò a voce il resto del nostro viaggio, o almeno le cose più interessanti. Bob non vuole che io scriva per due ragioni: prima di tutto perché è geloso delle mie vecchie amicizie e poi perché adesso sono sua moglie e devo dedicarmi solo a lui e non gli piace l'idea che io racconti a qualcuno le cose che facciamo insieme quaggiù: questo viaggio di nozze in ritardo (come lo chiama lui) è sacro e solo nostro e non riguarda nessun altro.

Così ti prego di capirmi, Esther, e perdonami perché sai che ti voglio bene non vorrei mai darti un dispiacere, ma adesso sono sposata con Bob, e lui per me deve venire prima di qualsiasi altra cosa. Qui è un tale paradiso che non vorrei mai guastarlo con i miei capricci.

La tua amica, Irma

Nassau, Bahamas, 5 febbraio

Cara, carissima Esther,

eccoci dunque di nuovo qui, io e Bob, per "una seconda luna di miele": non sembra davvero possibile che siano già passati tre anni dall'altra volta, ma trovo sia stata un'idea meravigliosa quella di tornare nello stesso posto. Qui siamo stati così meravigliosamente l'inverno dopo il nostro matrimonio e questa è la prima volta che Bob si prende una vera vacanza da allora e certo se l'è meritata e so che si godrà ogni minuto qui anche se non faremo altro che starcene in giro a bighellonare senza meta.

Ora sto di nuovo bene, dopo aver sofferto terribilmente il mal di mare durante il viaggio da New York fino a qui. Mi sembrava che ci fosse una tempesta o qualcosa di simile, ma Bob ha detto che la superficie dell'acqua era liscia come un tavolo da biliardo e s'è innervosito terribilmente perché stavo in quelle condizioni, e ha addirittura minacciato di lasciarmi a casa la prossima volta. Dice che non si spiega come io faccia a stare a tavola con le ciotole d'acqua per sciacquarsi le dita senza lamentarmi per il mal di mare! Gli piace così tanto prendermi in giro.

Oggi, in albergo, quando siamo scesi nella sala da pranzo per la colazione, c'era il capocameriere dell'altra volta, e ricordandosi di noi ci ha assegnato lo stesso tavolo appartato di allora. Pensa un po': si ricordava ancora a distanza di ben tre anni; ma dopo colazione, Bob lo ha preso in disparte e gli ha chiesto di cambiarci tavolo perché voleva sedersi in mezzo alla sala, altrimenti non gli sarebbe nemmeno sembrato di essere ospite di un grande albergo, stando così in disparte da tutti. Così stasera ci cambieranno di posto.

Nel pomeriggio sono stata parecchio occupata perché ho dovuto disfare le valigie e sistemarmi. Bob nel frattempo è uscito con certi signori che ha conosciuto sulla nave e sono andati a giocare a golf, perché lui non ha saputo trovare una scusa e poi ha detto che io dovevo essere troppo stanca per giocare, col mal di mare e tutto il resto. Ho paura che s'annoierà a morte con quella gente che ha conosciuto a bordo: siccome io stavo troppo male per scendere nella sala ristorante, lo avevano infatti sistemato al tavolo con una gran compagnia di persone. Ma lui sa sempre come scoraggiare le nuove frequentazioni, quando incominciano a diventare seccanti.

Ora devo smettere di scriverti, perché Bob sarà qui a momenti e mi ha promesso qualche ballo prima di cena, anche se ormai sono le sei passate e l'orchestra sta per smettere di suonare. Immagino avrà avuto qualche contrattempo durante la partita, o forse fatica a liberarsi di quegli uomini.

Con affetto, tua Irma

Nassau, Bahamas, 7 febbraio

Cara Esther,

è quasi ora di andare a dormire, ma voglio aspettare Bob che in questo momento è ancora giù a giocare a bridge con una certa signora e suo marito e la sorella di lei, gente che ha conosciuto a bordo della nave, mentre io ancora stavo male. Oggi non l'ho praticamente visto: stamattina non si sentiva abbastanza bene per scendere in spiaggia a nuotare, e aveva paura che l'acqua salata potesse dargli noia allo stomaco, però ha insistito perché io andassi lo stesso e, anzi, mi ha presentato un suo amico di Chicago, un certo signor Granville, che stava già qui con la moglie l'altra volta che siamo venuti, tre anni fa, ma nel frattempo la sua povera signora è deceduta. Bob mi ha assicurato che Granville è un ottimo nuotatore e si sarebbe preso cura di me, assicurandosi che non affogassi e insegnandomi anche a nuotare.

Io non gli ho permesso d'insegnarmi a nuotare, ovviamente, perché mi dà fastidio che un perfetto sconosciuto mi stia accanto mentre sto nuotando, ma lui è stato comunque molto carino con me, e io mi sono comunque trattenuta per poco, perché detesto divertirmi mentre Bob non si sente bene.

Così poi io e Bob siamo andati a fare colazione e lui ha detto di stare un po' meglio, così ha fatto in modo di combinare una partita a golf con certa gente che ha conosciuto a bordo. Gli ho chiesto se ne fosse sicuro, non essendo stato bene, ma lui ha detto che se non si sentiva di nuotare, non c'era proprio ragione per cui non dovesse giocare a golf. Allora gli ho chiesto se potevo andare anch'io, ma lui ha detto che giocare con me non è affatto divertente, perché sono così imbranata che non si riesce mai a fare una vera partita, e a lui invece piace giocare sul serio, magari anche scommettendo qualche soldo, e poi ha aggiunto che sul campo io sono talmente goffa che ha paura che la gente rida di me.

Ieri gli ho chiesto se non volesse andare sulla barca col fondo di vetro a guardare il giardino marino come avevamo fatto l'altra volta, e lui ha detto 'sì, ci andremo domani', ma domani sarebbe oggi e quando gliel'ho ricordato mi ha detto di andarci da sola o con qualcun altro perché lui non ci trovava niente d'interessante in quel mucchio di sudicie alghe marine. In compenso ha mantenuto l'altra promessa, quella di andare a prendere insieme un tè sul prato, vicino alla pista da ballo.

Però era stanco per via della partita a golf, o almeno così ho pensato io, anche se lui non l'ha certo ammesso, anzi ha detto che non se la sentiva di ballare perché non gli piaceva la musica, e sosteneva che l'orchestra avrebbe dovuto aggiornarsi un po' e smetterla di suonare sempre le solite lagne indigene. In realtà hanno suonato una sola canzone tradizionale, ma Bob non ha molto orecchio e non riesce a distinguere una nota dall'altra. Ha poi insistito perché ballassi con il signor Granville, che, su suo invito, s'era seduto al nostro stesso tavolo.

Abbiamo preso il tè, ma poi Bob ha sentito il bisogno di bere qualcosa di più forte, così ha ordinato ben quattro cocktail e lì ho capito che la partita a golf doveva averlo davvero stancato.

Anch'io iniziavo a sentirmi un po' affaticata, così ho suggerito di cenare in camera, così potevamo andare a letto presto e magari prima potevo anche leggergli qualcosa a voce alta. Lui mi ha risposto, biascicando, che gli sarebbe tanto piaciuto ma che proprio non poteva perché aveva promesso a certi tizi conosciuti a bordo di cenare insieme. Lui non riusciva più a tirarsi indietro perché dovevano parlare d'affari, ma io avrei fatto meglio a evitare quella seccatura anche perché se me li avesse presentati con ogni probabilità ce li saremmo poi trovati alle calcagna per l'intera vacanza. Alla fine mi ha suggerito di cenare in camera per conto mio e poi di andare subito a dormire, sempre se ne avevo voglia.

Poi, dopo cena, mi ha chiamato per dire che era rimasto invischiato in una partita a bridge con quella gente, e ha detto che avrei fatto meglio a non aspettarlo sveglia. Ma so che avrà talmente tante cose da raccontare al suo rientro, su quei tizi e tutto il resto, che non vorrei mai perdermi una sola parola, tanto sa essere divertente, e magari domani mattina c'è il rischio non si ricordi la metà delle cose che sono successe. Qui il tempo è ancora meraviglioso, è rimasto il paradiso di sempre e vorrei che un giorno potessi anche tu venire quaggiù a trascorrere una settimana o due di vacanza, perché davvero non riesco a immaginare luogo più bello al mondo dove stare.

Ora però ho terminato la carta da lettere, così devo proprio dirti: "Il seguito, alla prossima puntata."

Con affetto, tua Irma

Nassau, Bahamas, 8 febbraio

Carissima Esther,

sono rimasta di nuovo in camera ieri sera perché non me la sentivo proprio di cambiarmi e scendere a cenare. Anche Bob era stanco e voleva rimanere qui con me, ma quei tizi che ha conosciuto a bordo lo hanno trascinato a prendere un cocktail con loro e così già che si è dovuto vestire ha deciso di fermarsi a cena giù nella sala ristorante e adesso sta di nuovo facendo una partita a bridge perché non riuscivano a trovare un altro giocatore con cui formare le coppie. Sono sempre i signori Griffin e la signorina Cutts, che Bob ha conosciuto a bordo della nave durante il viaggio d'andata. Il signor Griffin potrebbe aiutare Bob negli affari e per questo a Bob non piace rifiutare i loro inviti. Questa mattina sono andata sulla spiaggia con il signor Granville mentre Bob giocava a golf con altra gente che ha conosciuto a bordo. Mentre si tornava dalla spiaggia un uomo che sta lì a fare fotografie ci ha fermato e voleva farci una foto insieme, ma poi ho pensato che non fosse tanto opportuno così gli ho permesso di fotografarmi, sì, ma da sola. E intanto che stavo in posa è arrivato Bob che aveva appena terminato la sua partita a golf e vedendomi ha incominciato a prendermi in giro, e ha detto che dovevo proprio sentirmi una diva del cinema o qualcosa del genere.

Io gli ho fatto notare che mi stavo facendo fotografare per lui, e lui ha risposto che era inutile sprecare quattrini in quel modo, perché lui di mie fotografie ne aveva già abbastanza e piuttosto, se proprio volevo, potevo spedirle alle mie amiche, che me le chiedevano sempre. Così, se saranno riuscite bene, ti manderò quelle fotografie, e magari ne spedirò qualcuna anche alle altre ragazze.

Nel pomeriggio Bob è tornato a giocare a golf e mentre me ne stavo da sola sotto il porticato è venuto il signor Granville, che mi ha invitato a uscire con lui in calesse, e siccome ero stanca di leggere ho accettato e abbiamo noleggiato una vettura a cavalli, anche se Bob dice sempre che è stupido muoversi lenti su quei vecchi catorci quando si può prendere un'automobile e arrivare ovunque in meno della metà del tempo. Ma noi non avevamo certo fretta e così siamo passati anche davanti al campo da golf dove c'è una spiaggia per fare il bagno e lì abbiamo visto Bob che nuotava con la signorina Cutts, quella che ha conosciuto a bordo della nave durante il viaggio d'andata.

Lui non ci ha visto e io non gli ho detto nulla quando è rientrato, ma so che cosa deve aver pensato, che avrei cercato d'impedirgli d'andare a nuotare perché so quanto l'acqua salata gli dia noia, ed è per questo che c'è andato lo stesso di nascosto, proprio come un bambino, e spero solo che questa volta non si sentirà male come gli è già successo l'altra volta.

Aveva anche promesso di portarmi in barca al chiaro di luna stasera ma ho capito che il golf e il nuoto devono averlo stancato troppo, e poi i Griffin lo hanno trattenuto sul prato tornando dal golf e lui per non risultare scortese si è fermato a bere qualche cocktail con loro e anche se era già stanco la signorina Cutts l'ha praticamente obbligato a fare un paio di balli con lei e adesso capirai bene che è davvero sfinito, ma non lo ammetterebbe mai e sono sicura che sarebbe anche venuto in barca con me se avessi insistito, solo che non ho voluto farlo, viste le sue condizioni: lui non sa che l'ho guardato ballare dalla finestra, e sapevo bene come doveva sentirsi, così ho fatto finta d'essermi dimenticata della nostra gita al chiaro di luna.

Povero Bob, non era del suo solito umore quand'è salito in camera, sembrava cupo e nervoso, e avrebbe fatto qualunque cosa pur di evitare il suo impegno di questa sera; io ho perfino cercato di trattenerlo qui, per il suo bene, e anche dicendogli che incominciavo a sentirmi un po' triste, per via che sono sempre da sola e senza niente da fare, e allora lui, sai cos'ha detto? "Tanto che faresti, se ci fossi anch'io? Continueresti a leggere, e a scrivere stupide lettere. Anzi, perché non scrivi alla tua cara amica Esther per raccontarle quanto sei triste quaggiù?"

Così ho dovuto sorridere, ma davvero qualche volta mi sento sola e vorrei tanto che Bob si liberasse di tutta quella gente che ha conosciuto a bordo.

Qui è un tale paradiso, e avremmo potuto trascorrere delle giornate meravigliose se non fosse stato per i Griffin. Non è una vergogna, che un uomo onesto come Bob non possa concedersi un attimo di tregua dagli affari neanche in vacanza, dopo tre anni passati a sgobbare senza sosta?

Con affetto, tua Irma

Miami, Florida, 11 febbraio

Mia cara Esther,

forse sarai sorpresa nel leggere il nome del luogo da cui ti sto scrivendo. Sono arrivata qui con la nave, da Nassau, stamattina stessa e per tutto il viaggio, manco a dirlo, ho avuto un terribile mal di mare. Ora sto aspettando il treno di stasera, che mi riporterà finalmente a casa. Dovrei arrivare giovedì, prima di mezzogiorno, e non vedo l'ora di riabbracciarti, così adesso ti sto scrivendo per chiederti di venire a stare da me per qualche giorno la settimana prossima. Andremo a teatro tutte le sere, e faremo qualunque cosa ti vada di fare. Desidero soltanto vederti e parlare e ridere insieme. Bob si trattiene a Nassau per altre due settimane perché gli piace molto il posto e dice che gli sta facendo bene alla salute. Anche a me piace molto, come ti ho già scritto penso sia un vero paradiso, ma ci sono così tante cose da fare che ci si stanca alla svelta, e così abbiamo dovuto guardare in faccia la realtà e riconoscere che io non sono abbastanza robusta per reggere quei ritmi di vita, così abbiamo deciso di comune accordo ch'era meglio me ne tornassi a casa.

Ora aspetto solo di ricevere un tuo telegramma di conferma: scrivimi non appena avrai ricevuto questa mia lettera. Io cercherò subito di procurarmi dei biglietti per il teatro, perciò fammi sapere che spettacoli vorresti vedere. Ti prego di venire, Esther. Qualunque giorno mi va bene, e prima sarà, meglio è, basta che tu non mi dica di no.

La tua amica Irma.

Anniversario

Dopo aver mescolato un consunto mazzo di carte, la signora Taylor incominciò la sua serata di solitari: probabilmente una quarantina prima di andare a dormire, e su quaranta gliene sarebbero riusciti trenta. Che male c'era se ogni tanto barava un pochino? Una partita a *Russian Bank* era più divertente, ma non ci si può certo giocare da soli, e suo marito con le carte si annoiava. Non era stato neanche capace d'imparare il bridge, nonostante le lezioni pazienti e più o meno garbate degli Hammond, che abitavano a tre isolati da loro.

La radiolina di plastica da trentaquattro dollari non faceva che gracchiare fin da quando l'avevano acquistata e nel pianoforte di pessima qualità il *re* e il *sol* sopra al *do* centrale erano muti da anni. La biblioteca cittadina acquistava pochissimi libri avvincenti, così finiva che erano sempre fuori in lettura, e non si riusciva mai a prenderli in prestito. Louis diceva che lo schermo del cinema gli dava fastidio agli occhi, e d'altra parte non le permetteva di uscire per conto suo la sera, malgrado non si facesse poi nessuno scrupolo a lasciarla da sola in casa il mercoledì, dalle otto alle undici, quando andava con gli amici a giocare a bowling.

Così alla signora Taylor non restava che mischiare le carte, sforzandosi di ascoltare Louis mentre le leggeva ad alta voce il *Milton Daily Star* o il *Milton Weekly Democrat*, o le raccontava storielle che lei aveva già sentito sei volte e che avrebbe riascoltato per altre sei, almeno.

Quella mattina, svegliandosi, si era resa conto che era il dodici di novembre, il loro nono anniversario di matrimonio. Louis si era ricordato di quella data soltanto per i primi sei anni della loro vita insieme, poi, negli ultimi tre, aveva iniziato a considerare quel giorno il dodici di novembre e niente di più.

Nove anni prima lo *Star* e il *Democrat* l'avevano definita una delle ragazze più affascinanti e belle di Milton, e a ragione: di Louis avevano invece scritto ch'era un ragazzo modello, sobrio, gran lavoratore e "solido", insomma, quel genere di giovanotto che ogni donna sarebbe stata felice e orgogliosa di prendere per marito. Avevano ragione anche su questo.

Adesso, a trentatrè anni, la signora Taylor era ancora molto bella, ma in una maniera piatta, senza più alcuna luce: da anni non faceva nulla per curare le sue naturali qualità, in lei s'era spento ogni calore ed era scomparsa
 quella vivacità che un tempo faceva girare la testa a tutti i

ragazzi di Milton, tra cui spiccavano Walter Frane, Jim Satterly e lo stesso Louis Milton.

Louis era rimasto un uomo tutto d'un pezzo, gran lavoratore e "solido" come pochi altri. Se si considerava la sorte toccata alle donne che avevano scelto i suoi rivali per marito, la signora Taylor poteva davvero tirare un sospiro di sollievo, concludendo che la fortuna e la saggezza erano state dalla sua parte nove anni prima.

Walter aveva frequentato l'università per un solo semestre, al termine del quale aveva totalizzato un punteggio perfetto: materie, quattro – bocciature, quattro. Così s'era dato alla pazza gioia finché, rifiutato dalla ragazza di cui s'era innamorato, non aveva ripiegato su un'orfana che aveva appena ricevuto centocinquantamila dollari in eredità: una somma niente male, purtroppo di breve durata. Dopo aver dilapidato fino all'ultimo centesimo, Walter non si era mai trovato un lavoro decente, e tutti in città si chiedevano di cosa vivessero lui e sua moglie. E come trovassero la forza di farlo.

In Jim Satterly, invece, non c'era nulla del *viveur*. Dopo il diploma era subito entrato come contabile nella Compagnia del Gas di Milton, a otto dollari la settimana. Adesso, a trentacinque anni, lavorava ancora alla Compagnia del Gas, ma il suo stipendio era cresciuto fino a raggiungere i ventidue dollari a settimana. Sua moglie dava lezioni di pianoforte a una classe di quattro allievi paganti, mezzo dollaro ogni mezz'ora per bambino. La coppia aveva tre figli, e sembravano felici insieme, andavano al cinema ogni tanto, ma nessun cronista locale era mai stato mandato a intervistare Jim sul suo successo.

Louis Taylor invece era assistente personale dell'unico riccone della città, il vecchio Thomas Parvis, un magnate delle ferrovie. Louis lavorava per lui parecchie ore al giorno e lo pagavano quattromila dollari l'anno, una grossa cifra per Milton, che bastava a mantenere la coppia, senza figli, in condizioni più che confortevoli. Coppie con rendite minori di loro possedevano un'auto, e facevano gite al lago o ad Harper City, dove in teatro recitavano commedie di successo. Ma Louis era convinto che valesse la pena risparmiare per i giorni di pioggia, così sua moglie da anni sperava che arrivasse prima o poi la pioggia a salvarla.

La signora Taylor, fingendo senza farsi notare che la regina di cuori fosse in realtà di picche, concluse con successo il suo quarto solitario.

"Senti un po' cosa dicono qui," le stava dicendo suo marito, "che nel mondo ci sono ventisette milioni e 650.267 automobili, secondo un recente censimento."

Era colpa della signora Taylor se Louis aveva preso l'abitudine di leggerle quelle notizie ad alta voce, pescandole a caso dal giornale. Nel lontano maggio 1924, lui le aveva chiesto se non le sarebbe piaciuto sapere qualcosa sul caso Loeb-Leopold. Lei aveva già letto un resoconto dell'intera vicenda, ma gli aveva comunque risposto di sì, pensando che tutto sarebbe stato più interessante se raccontato dalla viva voce di suo marito. Da allora, ogni santa sera (tranne il mercoledì) era stata costretta ad ascoltare Louis che le leggeva i più disparati trafiletti dallo *Star*, che nelle redazioni dei giornali vengono usati a mo' di tappabuchi: statistiche non verificabili sulla società e curiosità su remote località del mondo e altri avvenimenti strampalati che ogni volta sembravano lasciare di stucco suo marito, quasi fossero fulmini a ciel sereno:

"Ma tu pensa!" stava esclamando giusto ora. "Quasi ventotto milioni di automobili!"

"Incredibile!" gli fece eco la signora Taylor, senza troppa convinzione.

"E sempre a proposito di macchine, qui dice: *I temporali hanno talmente rovinato le strade sterrate in alcune regioni del Cile che gli automobilisti evitano di transitare nelle zone agricole del Paese.* Ecco il guaio di avere un'automobile: bisogna sempre rimanere sull'asfalto o ci si ritrova impantanati e allora tocca tornarsene a casa a piedi! Senza contare che c'è da essere dei bravi meccanici: altrimenti, ad ogni minimo problema bisogna portare l'auto in officina dove la tengono una settimana almeno, finché non si degnano di darle un'occhiata e allora, nove volte su dieci, neanche loro ci capiscono un fico secco! Però si fanno pagare lo stesso, sissignore, e parecchio. Ti ho raccontato della gita di Walter Trumbull ad Harper City?"

"Sì," rispose rassegnata la signora Taylor.

"A me pare di no, invece. È stato la sera di venerdì scorso, anzi no, la sera di giovedì, perché ricordo bene che il giorno prima gli *Spartans* ci hanno battuto al bowling per un solo misero punto, e pensare che mi si era anche presentata l'occasione di fare strike ma la palla ha toccato male un birillo di destra che è rimasto in piedi, e d'altra parte quella stessa sera Berger è arrivato così ubriaco che non era in condizioni di giocare e al suo posto abbiamo dovuto prendere Tommy. Comunque, stavo dicendo, è stato l'indomani che Walter e Marjorie sono partiti per andare a teatro a vedere *Settimo Cielo* e arrivati a circa otto chilometri oltre Two Oaks il motore s'è fermato e Walter non è più riuscito a farlo funzionare. Non gli funzionava nemmeno la torcia elettrica, e Marjorie non voleva che accendesse un fiammifero col radiatore aperto per paura che esplodesse tutto. E com'è stato chiaro più tardi, non gli sarebbe servito a molto comunque. Così ha lasciato la povera Marjorie in macchina ad aspettarlo e intanto lui è tornato a piedi fino a Two Oaks, dove però l'officina era chiusa per la notte e l'intera città sembrava addormentata. Allora è tornato alla macchina, e ormai era ovviamente troppo tardi per il teatro, così ha fatto cenno a qualche macchina di passaggio nella direzione opposta, per cercare di farsi dare uno strappo fino a casa, e solo quando ormai erano le dieci passate un tizio s'è degnato di fermarsi e di farli salire a bordo. La mattina dopo ha mandato Charlie Thomas a recuperare la sua auto, per provare a farla camminare o almeno per rimorchiarla fino a casa. E Charlie ha scoperto che non aveva assolutamente niente, era solo finita la benzina. Quando Walter me l'ha raccontato, io gli ho detto ben ti sta, dovevi muoverti sulle sicure vecchie rotaie della ferrovia interurbana!"

"Ma se non la usiamo nemmeno noi!"

"Io ne sento già abbastanza parlare al lavoro tutti i santi giorni per aver poi voglia di viaggiarci la sera."

Così la signora Taylor rimescolò le carte, e incominciò un nuovo solitario, mentre Louis riprendeva la lettura dello *Star*.

"La nostra cara vecchia America funziona ancora, dopotutto." Commentò Louis, dopo poco. "Senti un po' qua: *I disoccupati d'Olanda sono ormai ventiseimila operai specializzati e ventiquattromila non specializzati.* E poi, senti ancora: *Una forte percentuale della popolazione belga utilizza ancora scarpe dalla suola di legno.* È da non crederci che esistano ancora situazioni così, nel nostro secolo!"

"Anche se immagino," provò a obiettare la signora Taylor, "che in certe zone degli Stati Uniti la gente se ne vada in giro scalza."

"Sì, certo, ma non si tratta di una percentuale rilevante. Sono rimasti giusto in pochi bifolchi, dalle parti del Tennessee. E ovviamente i neri della Georgia e del South Carolina. Passando col treno se ne vedono parecchi, e non sembrano aver mai indossato un paio di scarpe in vita loro. Ricordo di un posto che si chiamava Jesup, in Georgia: credo fosse una specie di snodo ferroviario. C'era... no, quello non era Jesup, era un altro posto da cui siamo passati col capo per andare a Daytona. Ma forse te l'ho già raccontato."

"In effetti, sì."

"È da non credere, come vive la gente da quelle parti. E non sono neanche tutti neri, ci sono certi bianchi straccioni, famiglie di cinque persone che vivono in una stanza sola, e persino i neri li sfottono per quanto sono poveri. Il signor Pavis ha detto ch'era terribile sapere della loro esistenza, e avrebbe voluto far qualcosa per loro."

"E perché non l'ha fatto?"

"Beh, per quanto sia ricco non credo abbia abbastanza soldi per dare vitto e alloggio a tutti i poveracci del Sud, e non credo servirebbe a molto scegliere a caso una città e migliorare le condizioni di quella soltanto."

"Perché no?"

"Ma cara, sarebbe solo una goccia nel mare, senza contare che si spargerebbe la voce, e non lo lascerebbero più in pace. Per conto mio, gli ho ricordato che stava facendo quel viaggio per lasciarsi certe sue noie alle spalle e non doveva quindi preoccuparsi delle noie altrui. E poi, se mai si decidesse a mettere in pratica le sue idee da filantropo laggiù, probabilmente dovrei poi occuparmene io. E forse ci toccherebbe persino trasferirci in mezzo a quei bifolchi per un anno o due. E non credo proprio che ti piacerebbe, o sbaglio?"

"Sbagli, non me ne importerebbe proprio niente!" ribatté secca la signora Taylor.

"Ma come! Vorresti vivere in quei buchi dimenticati da Dio, senza amici né nessuno con cui parlare? Niente da fare tutto il santo giorno e niente la sera: solo dormire, mangiare, dormire, e…"

"Fare solitari," suggerì la signora Taylor.

"Adesso dici così, ma è perché non hai mai visto quei posti. I paesini della Georgia sono interessanti e pittoreschi da studiare, ma quanto a viverci, posso dirti fin da ora che moriresti di solitudine laggiù. Naturalmente, poi ci sono anche località meravigliose nei pressi della Florida, che sembrano quasi paradisi terrestri. Prendi Daytona, ad esempio. Ma ti ho già descritto com'è."

"Sì."

"C'è una spiaggia di sabbia così compatta e liscia che ci fanno le corse automobilistiche. È davvero stupenda. Ed è vicina ad Ormond, dove passa l'inverno Rockfeller. Col signor Parvis l'abbiamo visto giocare a golf sul campo di Ormond. Io, personalmente, non ci trovo niente di bello nel golf, ma forse avendone l'occasione potrei anche appassionarmi. Magari, quando sarò vecchio ci proverò, purché disponga di tempo libero quanto lui e almeno un milionesimo dei suoi quattrini!"

"Non sei certo costretto a fare così tanti soldi per giocare a golf."

"So bene cosa intendi. Tu non sopporti la mia oculatezza, per quanto sia quasi certo che tu la definisca avarizia. Ma sono sicuro che vedrai le cose diversamente, quando saremo vecchi."

"Spero di non esserci neanche più per vederle, a dire il vero."

"Ma che dici! Di cosa stavamo parlando? Ah, sì. Daytona è un posticino grazioso dove mi piacerebbe trascorrere l'inverno, se solo ne avessi le possibilità. Forse ti ho già detto di quando m'è capitato d'incontrare Harry Riker laggiù."

"Sì, in effetti, sì."

"È stato davvero strano quell'incontro! Non ci vedevamo da ben ventidue anni eppure lui mi ha riconosciuto subito, fin dal primo momento che mi ha visto. Io invece avrei potuto scambiarlo con chiunque. Mi ha davvero fatto fare un salto nel passato, rivederlo! Lui si ricordava di una volta che suo padre e sua madre erano andati a trovare certi amici non so dove. Era poco prima che lasciassi Shelbyville e la zia di Harry, sorella del signor Riker, doveva occuparsi di suo nipote in assenza dei genitori, ma era vecchia e finiva sempre per addormentarsi subito dopo cena. Beh, devi sapere che c'erano un paio di ragazze, due sorelle, che si chiamavano Lindsay e venivano dalla campagna. Abitavano un po' fuori mano, ma venivano a scuola in città. Harry e io avevamo perso la testa per quelle due, e così una sera abbiamo aspettato che sua zia si addormentasse e poi abbiamo attaccato il cavallo del signor Riker al calesse viaggiando poi per sette miglia fino alla casa delle sorelle Lindsay. Quando siamo arrivati stava piovendo e così abbiamo portato il cavallo al riparo nella stalla, ma..."

"Lui è riuscito a liberarsi, vero? E dopo è scappato fino a casa..."

"Sì, ma questo viene dopo. Stavo dicendo: l'abbiamo messo nella stalla dei Lindsay, credendo d'averlo legato bene; poi Harry e io siamo entrati in casa a far visita alle ragazze, ma la signora Lindsay è rimasta con noi per tutto il tempo, parlando quasi sempre lei..."

"Ne sei sicuro?"

"Ma sì, certo! Lei era una di quelle donne che non tacciono mai, e continuano a parlare ininterrottamente. Così verso le nove e mezzo ci ha detto che le ragazze dovevano andare a dormire, che era poi un modo per farci capire che era tempo d'andarcene. Beh, per farla breve, il cavallo non c'era più e così abbiamo dovuto camminare per sette miglia sotto la pioggia. Rientrando abbiamo trovato il cavallo nella sua stalla e Harry ha dovuto montarlo l'indomani per andarsi a riprendere il calesse. E quella è stata l'ultima volta che siamo andati dalle sorelle Lindsay."

"Dev'essere stato un duro colpo, per loro," commentò sarcastica la signora Taylor.

"Oh, eravamo solo dei ragazzini, non c'era niente di serio tra noi. Adesso Harry lavora nelle assicurazioni, a Indianapolis, e gli affari gli vanno a gonfie vele, a quanto mi ha detto."

Nel frattempo, Louis aveva ormai finito di sfogliare il giornale, mancavano solo un paio di pagine.

"Ecco una cosa buffa," disse. "A Edimburgo, in Scozia, la scorsa stagione estiva c'erano solo 237 gelaterie, e adesso, pensa un po', ce ne sono cinquanta in più nel giro di un anno soltanto!"

"Mi sembra invece che fossero già tante, per una sola città."

"Considerate le dimensioni della città, non proprio: ma proviamo a pensarci, quant'è grande Edimburgo? Dovrò fare qualche ricerca."

Si stava già avvicinando alla libreria, quando suonò il campanello. Louis andò così ad aprire la porta, facendo entrare Florence Hammond.

"Ciao Louis, ciao Bess. Scusate l'intrusione, ma siamo qua fuori con una gomma a terra e Perce avrebbe bisogno di una torcia elettrica."

"Tipico delle automobili!" esclamò Louis. "Sono più una seccatura che altro!"

"Ho cercato di convincere Perce a portarla in officina perché gliela sistemino ma ha paura che anche facendola camminare per un tratto così breve si rovini il cerchione o copertone o come diavolo si chiama."

"Vado subito a prendere la mia torcia elettrica e scendo a dargli una mano," disse Louis.

"Tu intanto, Florence, siediti qui e fammi compagnia," aggiunse la signora Taylor. "Non esco da tre giorni e muoio dalla voglia di sapere cosa si dice di nuovo a Milton."

"Ma non compri lo *Star*?"

"Sì, certo, ma non si può dire sia una lettura avvincente..."

"Non puoi dar la colpa al giornale se a Milton non succede niente di avvincente."

"Da qualche altra parte, invece, ci sono novità interessanti?"

"Sì, a Clyde."

"Clyde. Ci vive tua sorella, vero?"

"Se si può chiamar vita, quella! Io dal canto mio preferirei esser morta! Davvero, Bess, dobbiamo ringraziare il cielo d'avere accanto due uomini sobri e onesti come Louis e Perce. Forse non saranno belli o brillanti come Ed, ma almeno sappiamo sempre dove sono e cosa ci dobbiamo aspettare da loro!"

"Ah, su questo non c'è dubbio," commentò la signora Taylor.

"Proprio oggi ho scritto una lettera a Grace, e le ho detto che dev'essere matta a non lasciarlo, soprattutto dopo il suo ultimo brutto tiro, ma lei non vuole proprio. Penso proprio che l'abbia plagiata o drogata o che so io: pensa un po', lo ama ancora! Riconosce le sue colpe eppure gli perdona tutto e si aspetta che anche gli altri facciano come lei. Se non la rassicurassi su questo punto, sono sicura che smetterebbe di raccontarmi le sue disavventure, e terrebbe tutti i dettagli per sé. Vedi, io mi rendo conto che ognuno ha le sue debolezze, ma mi sembra ci siano cose che proprio non si possono perdonare! E una di queste è un pugno in un occhio."

"Non vorrai dire che…?"

"Proprio così. E Grace l'ha perdonato. Al solo pensiero mi ribolle il sangue nelle vene."

"E perché mai le ha dato un pugno?"

"Non c'era un motivo speciale. Un normale sabato sera al Circolo dei Canottieri. Ci vanno tutti quelli di Clyde, anche se in realtà non hanno né un fiume né una squadra di canottaggio – immagino abbiano comunque diritto ad avere il loro Circolo dei Canottieri, visto che esiste. All'inzio Grace non lo poteva soffrire, quel posto, e ci mandava Ed da solo, ma poi il risultato era che lui in sua assenza beveva ancora di più e tornava sempre più tardi la domenica mattina. Senza contare che Grace è sempre stata un po' gelosa di suo marito, e probabilmente non ha tutti i torti. Fatto sta che ha incominciato ad andare anche lei al Circolo, cercando ovviamente di divertirsi. Grace adora ballare e a Clyde c'è gente che sulla pista sa il fatto suo, almeno all'inizio della serata, quando ancora tutti si reggono sulle proprie gambe senza barcollare e girare in tondo. E non si può certo dire che Ed l'abbia sposata facendole credere di essere diverso da com'è in realtà: lei sapeva benissimo a cosa andava incontro. Si sono conosciuti proprio durante una festa al Circolo, e lei se n'è innamorata vedendolo attaccar briga con un tale e stenderlo a terra con un pugno perché gli aveva portato via la ragazza. Quel tizio era circa la metà di Ed e lui l'ha colpito mentre era voltato di spalle. Insomma, non certo un comportamento da gentiluomo. Ma a quanto pare per Grace non ha mai fatto la differenza. E anche a quelli del Circolo evidentemente non importava un granché. Chiunque altro sarebbe stato espulso, ma a Ed è bastato chiedere scusa a tutti e l'avevano già perdonato. Quella sera stessa che si sono conosciuti, ha subito proposto a Grace di accompagnarla a casa in macchina. Lei era lì ospite a casa di Helen Morse, che ovviamente le consigliò di non correre il rischio: Ed non aveva l'aria d'essere in condizioni di guidare. Ma Grace era già così pazza di lui che ha accettato, e poi Ed se n'è dimenticato ed è andato a casa con un'altra ragazza, piantando mia sorella al Circolo, da sola con gente che nemmeno conosceva. Così è stata costretta a telefonare a Helen, per farsi venire a prendere. Beh, si sono rivisti per caso la settimana seguente, e Grace ha pensato di vendicarsi fingendo di non conoscerlo, ma il trucco non ha funzionato perché lui nemmeno si ricordava d'averla mai incontrata. In quell'occasione, però, lui era relativamente sobrio e pare sia stato molto carino e gentile con Grace, riempiendola di attenzioni. Devo ammettere che Ed sa essere carino, quando vuole. Poi sono andati insieme a giocare a tennis due o tre volte, e subito dopo Ed le ha chiesto di diventare sua moglie e Grace ha detto di sì e siccome lui diceva di non aver la pazienza d'aspettare di organizzare un matrimonio in grande stile hanno deciso di sposarsi in gran segreto a Colby, una cittadina a pochi chilometri da Clyde. Erano d'accordo di trovarsi davanti all'ufficio postale di Clyde a mezzogiorno del tal giorno, e poi sarebbero andati insieme a Colby in macchina. Ma Ed non s'è fatto vedere e Grace è rimasta per un'ora ad aspettarlo da sola in strada. Così è tornata dai Morse in lacrime e quella sera stessa Ed l'ha chiamata dicendo d'aver fatto confusione con la data e di essersene reso conto soltanto allora: le ha chiesto di perdonarlo e di rimandare il loro incontro all'indomani, nello stesso posto. Mi vergogno quasi a dirti che lei ha subito ceduto, per quanto già sospettasse quello che poi si rivelò esser vero: cioè che Ed stava smaltendo la sbornia della sera prima e stava dormendo della grossa proprio quando avrebbero dovuto fuggire insieme a sposarsi. Per farla breve si sono sposati comunque, e contro ogni aspettativa Ed si è comportato meravigliosamente durante la luna di miele. Hanno trascorso un paio di settimane a New York, andando a teatro tutte le sere e visitando la città durante il giorno. Un paio di volte sono anche usciti a pranzo con certi amici di lui, che ha offerto ogni cosa e alcolici in gran quantità, anche se Grace ha preferito non bere nulla. Quando sono tornati a casa, Ed ha comprato una bella casa ammobiliata e l'arredamento era proprio del gusto di Grace: lei era così felice che le sembrava impossibile potesse durare per sempre. E infatti. Erano a Clyde da una settimana soltanto, quando Ed un bel giorno le ha annunciato che se ne sarebbe andato via per una breve vacanza: non le ha detto dove né con chi, o per quanto tempo. Se n'è andato semplicemente, stando via per cinque giorni e tornando a casa con l'aria distrutta. Grace ha tentato di farlo confessare, ma non c'è stato verso: lui si limitava a ridere ripetendole che era un segreto. E da allora le cose sono andate avanti sempre così: Ed è un uomo piuttosto ricco e lascia Grace libera di spender quattrini come meglio crede, senza contare che le compra regali splendidi e terribilmente costosi. È dolce e affettuoso per settimane (non fosse per le baldorie del sabato sera) e poi improvvisamente sparisce per qualche giorno, e lei non ha idea di dove vada né quando aspettarsi di vederlo tornare. Così la sua vita è una sorpresa dopo l'altra, senza mai un attimo di tranquillità. Ma permettimi di dire che ricevere un pugno in faccia è qualcosa di più che una semplice sorpresa! È un vero shock. O, almeno, per me lo sarebbe."

"Quando è successo?" chiese allora la signora Taylor.

"Sabato è una settimana," rispose la signora Hammond. "È stato dopo una delle solite feste giù al Circolo. Ed ha bevuto anche più del solito e verso mezzanotte è scomparso, e con lui anche una ragazza di nome Eva Grayson. A un certo punto Grace è ritornata a casa, ma ha deciso di stare sveglia ad aspettare Ed, che è rientrato verso le quattro con gli occhi pesti. E senza dire una parola è arrivato come un fulmine dove stava seduta Grace, rifilandole un pugno abbastanza forte da farla cadere, ma senza farle male sul serio. Poi, sempre in silenzio, se n'è andato a dormire, senza neanche prendersi la briga di togliersi i vestiti di dosso. La mattina dopo, o comunque all'ora in cui si è svegliato, s'è subito accorto del livido intorno all'occhio di Grace e le ha domandato cosa fosse successo. Lei glielo ha raccontato, e lui non ha nemmeno tentato di negare; si è limitato a dirle: 'Cara, non sai quanto mi dispiace. Devi credermi quando ti dico che non avevo la più vaga idea di chi fossi: anzi, ero convinto si trattasse di Eva Grayson. E lei sì che se lo meritava, un bel pugno in faccia!' T'immagini? Come si può perdonare un uomo per un comportamento del genere e poi continuare a vivere con lui, e amarlo, persino? Io, piuttosto, credo che mi ucciderei! E invece Grace è sempre pronta a perdonarlo, e come se non bastasse mi racconta tutto nei minimi dettagli, neanche fosse divertente o che so io! Devi credermi, Bess, se ti dico che noi due possiamo davvero considerarci fortunate..."

In quel momento la porta d'ingresso si aprì e Louis rientrò con la sua torcia elettrica.

"Tutto a posto, Florence," disse. "Ho proposto a Perce di entrare un momento, ma lui a quanto pare preferisce mettersi in viaggio subito."

"Sarà meglio, infatti," osservò la signora Hammond. "Andiamo a giocare a bridge dai Cobb e siamo terribilmente in ritardo. Forse avrei dovuto avvertirli, ma immagino ci staranno ancora aspettando. Buona notte, Bess. Spero di non averti annoiata..."

"No, tutt'altro," rispose la signora Taylor.

Louis si rimise a sedere accingendosi a terminare la lettura dello *Star*. La signora Taylor invece mescolò le carte e incominciò un nuovo solitario, ma lo lasciò a metà, alzandosi dal tavolo per avvicinarsi alla poltrona del marito.

"Sai che giorno è oggi?" gli chiese.

 "Ma sì," ribatté lui, stizzito. "È martedì."

"È martedì dodici novembre. Oggi è il nostro anniversario."

"Per Giove, è vero! Cara, mi dispiace davvero d'essermene dimenticato. Ti avrei comprato dei fiori. Domani sarà troppo tardi?"

"Non voglio dei fiori. Ma c'è una cosa che vorrei da te. E non c'è neanche bisogno d'aspettare domani."

"Cosa vorresti?"

"Un pugno in un occhio."

"Ma sei impazzita? Non sarà che tu e Florence vi siete bevute un goccetto, mentre aspettavate?"

"No, e non sono impazzita. Solo un po' stanca. Penso che me ne andrò a dormire."

Louis si era rimesso a leggere il giornale.

"Senti qua: *Sull'isola di Haiti si sperimenta la coltivazione della soia.* Non è che sai cos'è, la soia?"

Ma la signora Taylor stava già salendo le scale.

INDICE

INCONTRANDO RING LARDNER
di Sherwood Anderson 9

UNA SECONDA LUNA DI MIELE 17
ADESSO E ALLORA 45
ANNIVERSARIO 65

finito di stampare a Fidenza nel mese di ottobre 2012

NELLA STESSA COLLANA

JEROME K. JEROME - *Cura e manutenzione della donna*
RING LARDNER - *Prima di sposarti ero molto più in forma*
JACK LONDON - *Preparare un fuoco*
OSCAR WILDE - *Il delitto di Lord Arthur Savile*
FRANCIS S. FITZGERALD - *Vivere con 36.000 dollari all'anno*
MARK TWAIN - *Come raccontare una storia e l'arte di mentire*

NELLA COLLANA LIGHT

EMILIA PARDO BAZÁN - *La goccia di sangue*
REBECCA WEST - *Parthenope*
MARK TWAIN - *Shakespeare è davvero morto?*
JEROME K. JEROME - *Storie di fantasmi per il dopocena*
CHARLES DICKENS - *Perdersi a Londra*
PAUL GAUGUIN - *Noa Noa / Profumo*
GUY DE MAUPASSANT - *Amo la notte con passione*
ELLIS PARKER BUTLER - *Un Babbo Natale magro*
JACK LONDON - *Cacciatore di anime*
MARK TWAIN - *Contro l'imperialismo*
JEROME K. JEROME - *Lo scherzo del filosofo*
ROBERT LOUIS STEVENSON - *L'arte della scrittura*
O. HENRY - *Una storia di Natale non finita*
HERMAN MELVILLE - *Io e il mio camino*
JOHN M. SYNGE - *Vagabondo in Irlanda*
RUDYARD KIPLING - *L'uomo che voleva essere re*
JACK LONDON - *La classica faccia da pugile*
W. B. YEATS - *Il più felice dei poeti*
W. B. YEATS - *Sono diventato un autore*
EDGAR ALLAN POE - *Impareggiabili notizie*
HENRY JAMES - *Autobiografia degli anni di mezzo*
SHERWOOD ANDERSON - *Il romanzo perduto*
THEODORE DREISER - *Piangeremo per questi sogni?*
MARK TWAIN - *L'uomo che corruppe Hadleyburg*
STEPHEN CRANE - *L'hotel azzurro*
JEROME K. JEROME - *Conversazioni all'ora del tè*

WWW.MATTIOLI1885.COM

Prima di sposarti ero molto più in forma

Con introduzione di Sherwood Anderson

Tre meravigliosi racconti di Lardner a narrare con ironia inconfondibile i legami matrimoniali.

Una coppia di coniugi parte per St. Petersburg, la Palm Beach dei poveri, per festeggiare cinquant'anni di matrimonio. L'avarizia è un gran brutto difetto, ma l'ironia ha il potere di sdrammatizzare anche le situazioni più imbarazzanti. E poi Irma, giovane sposa in luna di miele alle Bahamas, ebbra di luoghi paradisiaci e di un marito premuroso. Tre anni dopo i due ritentano l'avventura ma lui non è più quello di prima. E infine la signora Taylor, bella e giovane, al suo nono anniversario, che deve sopportare la lettura a voce alta del *Milton Daily Star*, tortura a cui viene sottoposta quotidianamente dal marito.

Ring Lardner (1885 - 1933) è stato un commentatore sportivo e scrittore di racconti, famoso soprattutto per le sue satire sul mondo dello sport e sulla vita matrimoniale. Lardner fu intimo amico di Francis Scott Fitzgerald e di altri scrittori dell'epoca del jazz. Fu sotto certi aspetti il modello del tragico personaggio di Abe North in *Tenera è la notte*. Lardner non scrisse mai un vero romanzo, ma i suoi racconti vengono da molti considerati fra i migliori della letteratura americana.